作者序

我在留學時期，最愛跑去熟悉的池袋，到最大的淳久堂逛逛。

第一次「探險時」，發現了地下室，有好大的一個區域，都是 BL 漫畫，這讓我震驚不已。看著滿坑滿谷，從腳邊排到天花板的漫畫，還有許多漫畫家的簽名板，我真實感受：「噢，我還看不夠！」

原來！還有那麼多在台灣看不到的 BL 等我看！

回到宿舍後，想起高中時期，還未進入大學日語系，完全不會日語的我，拼了命找網拍平台，下單日語原文的同人漫畫，是海賊王（現：航海王。我那個年代叫海賊王。）索隆和香吉士為 CP 的故事，啊！還有魯夫，只是我忘記是跟誰組 CP 了⋯⋯，然後光享受圖片，自行幻想，就嘻嘻笑到滿足不已的自己，突然感覺到當時我這孩子的背影帶有淡淡的哀傷。

現在通路發達，要買到原文漫畫不是難事，隨手一點就可以跨國購入在淳久堂那裡台灣還沒看過的漫畫，但是，首先必須克服的就是「語言」這個問題。

身為腐女，我知道我們的「需求量很大」，中譯版絕對來不及滿足我們，因此，我想寫一本腐女漫畫裡常見的台詞教學，帶領大家理解這些「男人們」口語中經常出現的文法、語感，並用此素材，延伸更多例句，驗收大家是否對這些話語、口氣有無理解，畢竟，沒理解的話，就無法與裡頭的主角一樣，享受到當時話語帶來的刺激與心動不已。

攻、受可能會說的話，我都會收錄其中。開頭以自創小品「夕

イガー老師及允晨」的戀愛故事爲基底創作台詞,接著介紹台詞可能出現的背景、應對對象、故事脈絡、情緒等,並解說文法的眉角,最後仿造 JLPT 日檢考題,專出「BL」句子的 JLPT 題目:「BLPT」驗收大家對文法的理解,不但能訓練解題能力,還能一邊享受 BL 台詞的樂趣,眞是「一石二鳥」!

我經營了一個匿名腐女社群,每天和大家一起交流 BL 的所有東西,許多腐女中的翹楚還會提供連我都不知道的新東西。大家和樂地交流自己喜歡的 CP、繪師、漫畫、小說,也常常聊得開心到哈哈大笑。這麼棒的天地,在我寫作時期,也成爲其中一個避風港。

雖說台詞乍看都是清水向,但我也大力推薦大家用「濾鏡」解讀它們,因爲我在這些台詞中放入似有非無的「刺激」,只要發揮你的腐女雷達,將會發現,讓你臉紅嘻嘻笑的東西,就藏在其中。

這本專屬腐女的日檢考題「BLPT」獻給所有爲了愛而學日語的大家,希望大家會喜歡。

一點點老師經營的日語頻道

FB:每天學一點點日語

每天學一點點日語 http://www.idenden.com

3

人物介紹

筧政虎
かけいまさとら

魏允晨

平成 2 年，西元 1990 年出生，35 歲，學生親暱稱「タイガー先生」(tiger 老師)。

出身於廣島，是獨生子，所以備受溺愛。

個性古板、傳統、乖巧不投機，一路順遂讀到語言學博士後，因為受不了父母的溺愛（他認為是控制狂），為了逃離父母的「魔掌」，來台灣的日語補習班教書，教會話。

父母親溺愛的缺點就是，腦中學術知識很足，但生活能力很差，所以來到台灣後，生活瑣事經常需要找同事幫忙。

因為年過三十才出社會，所以以為每種工作場域都是要西裝打領帶，因此即便是在補習班教書，也是全身正裝上課，加上表情總是很正經，剛開始會感覺不好親近，但其實對學生很好、很溫柔，因此學生都很喜歡他。

平成 17 年，西元 2005 年出生，20 歲，私立大學日語系學生。

出身於台北，是獨生子，父母長年失和，所以父不管，而擔起照顧責任的母親因忙於處理感情關係，經常疏忽允晨，沒有給予足夠的陪伴和教育，從小幾乎是靠自己摸索世界長大的。

允晨本身很聰明，也懂事，雖然喜歡潮流服飾，打扮看起來很愛玩，但其實做事很認真、負責，而且學業成績很好。

因為時常笑容滿面，又對人和善，樂於助人，因此很受同學歡迎，不論男女。

在燦爛笑臉的背後，偶有陰暗面，大多是兒時家庭帶來的創傷導致的，而自己認為最難堪的就是左腰間上的大疤，是來自小時候身體不舒服時，母親叫他自己拿藥箱處理而造成的。當時幼小的他，隨便找了藥布貼上，而撕除時，因為小孩細皮嫩肉受不了黏膠的拉扯而受傷，帶來一輩子的傷疤。

背景介紹

允晨雖然在日語系上學業表現很好，但因為想要當日語老師，因此覺得在外面補習班多補些會話課，可以更快增進能力，於是報名補習班的會話課。

某天，會話課的日籍老師換了，當タイガー先生著正裝開門的一瞬間，允晨馬上被他那氣場和外貌吸引，一見鍾情。在那之後，允晨報名了更多タイガー先生的班級，並常在班級發問，引起老師注意。

看著台上那個禁慾的臉龐，以及休息時間溫柔對待學生的老師，允晨越來越不滿足自己現在與老師的關係，因此經常騎著與自己打扮不搭的可愛機車和戴著貓咪安全帽，尋著老師通勤的路上，試圖巧遇老師。而當允晨抓準能和老師巧遇的時機時，便順勢順路載老師一程，久而久之，變成了一個日常。但其實允晨不知道的是，老師有點困擾，一來是戴上可愛的貓咪安全帽，感到不自在，二來是發現，跟允晨的關係越來越親密，見面的時間也越來越長，甚至生活大小事已經由允晨開始幫忙打理，危險的氣息已經不斷襲來……。

允晨對老師總是燦爛真心地笑著，越靠近老師，越發現自己無法抵擋老師的魅力，即便老師有時表示自己對「師生關係」非常介意，但允晨毫不在乎，一見鍾情就是如此，毫無理由，況且，戴著日系高級手錶的老師，想必很在乎時間，每天送老師上下班，肯定是無法拒絕的……。

目次

第一幕　衝撃性告白　　009

1. 俺じゃダメなのか？　　強調　011
   難道我就不行嗎？　激情指數：★★☆☆☆

2. お前を好きじゃだめなの？　　縮約形　017
   我不能喜歡你嗎？　激情指數：★★★☆☆

3. 俺を誘ってんの？　　テイル形的口語　023
   你在邀請我（H）嗎？／你在誘惑我嗎？　激情指數：★★★★★

4. お前怒っても可愛いなー。　　逆接　029
   你生氣也這麼可愛啊。　激情指數：★★☆☆☆

5. いつも抱いてほしいって顔をしてる。　　對他人的希望　035
   你總是露出一臉想被我抱的表情。　激情指數：★★★★★

6. お前が側にいると、どうしたらいいのか分からない。　　條件　041
   你在身邊，我就會不知所措。　激情指數：★★☆☆☆

7. どうすれば僕の気持ち、彼に伝わるんだろう？　　推測　047
   該怎麼把我的心情傳遞給他？　激情指數：★☆☆☆☆

第二幕 欲拒還迎　　053

8. お前がほしい。　　希求、願望　057
   我想要你。　激情指數：★★★★★

9. 好きだ！なんでわからないの？　　動詞否定　063
   我喜歡你！為什麼你還不懂？　激情指數：★★★★☆

10. 俺はいつまで我慢すればいいの？　　請求對方指示　069
    你到底要讓我忍到哪時候？　激情指數：★★★☆☆

11. 恥ずかしいから、見ないで！ ― 否定輕微命令　075
　　很丟臉，不要看！　激情指數：★★★☆☆

12. 悲しい目つき……慰めたい。 ― 行為的欲望　081
　　你的眼神好悲傷，我想安慰你。　激情指數：★★☆☆☆

13. お願いだ、そばにいてくれ！ ― 強烈命令　087
　　拜託，待在我身邊！　激情指數：★★★★☆

14. 君の心が傷ついて、僕は心が痛くなる。 ― 形容詞變化　093
　　你的心受傷了，我好心疼。　激情指數：★★★☆☆

15. あなたのそばにいる資格がない。 ― 存在　099
　　我沒資格在你身邊。　激情指數：★★★☆☆

16. こんな私にあなたを好きになる資格はない。 ― 修飾名詞　105
　　像我這種人沒資格愛你。　激情指數：★★☆☆☆

17. しっ……見つかるよ。 ― 終助詞　111
　　噓……會被發現的喔。　激情指數：★★★☆☆

18. 彼の唇が熱い。もう無理だ。 ― 格助詞：眼前的現象　117
　　他的嘴好熱烈，我不行了。　激情指數：★★★★☆

19. お前の体、あっつ。 ― 形容詞縮略　123
　　你的身體，好燙。　激情指數：★★★★★

20. もう、我慢できない！ ― 三類動詞可能形　129
　　我已經無法忍耐了！　激情指數：★★★★☆

21. 優しくして。 ― 變化　135
　　請你對我溫柔點。　激情指數：★★★☆☆

22. なぜ体が言うこと聞かないのか？ ― 慣用　141
　　為什麼身體不聽使喚？　激情指數：★★★★★

23. もう壊れちゃう。 ——————————————— 完了、遺憾、不小心　147
　　我快壞掉了。　激情指數：★★★★★

第三幕　勇敢去愛 ———————————————————— 153

24. もう、逃げられないぞ。 ——————————— 可能形否定　155
　　你已經逃不掉囉。　激情指數：★★★★★

25. 俺だけを見つめて。 ——————————————— 副助詞　161
　　你眼中只能有我。　激情指數：★★★★☆

26. 好きになっちゃうから、やめて。 ——————— 原因、理由　167
　　不要這樣，我會喜歡上你。　激情指數：★★★☆☆

27. 好きって言ってくれて、すっげー嬉しいんだわ。 ——— 授受　173
　　你說喜歡我，我真的好高興。　激情指數：★★★★☆

28. 俺の事が大好きなお前が可愛い。 ————— 形容詞修飾名詞　179
　　你喜歡我的樣子太可愛了。　激情指數：★★★★☆

29. お前の心も体も俺だけでいっぱいにしたい。 ——— 並列助詞　185
　　我要你的心，還有不管什麼，都只有滿滿的我。　激情指數：★★★★★

30. 理由なんかない。ただお前を甘やかしたいだけだ。 ——— 舉例　191
　　沒什麼理由，就只是想寵你。　激情指數：★★★★★

第一幕 衝撃性告白

1. **俺(おれ)じゃダメなのか？** ──────▶ 強調　011
   難道我就不行嗎？　激情指數：★★☆☆☆

2. **お前(まえ)を好(す)きじゃだめなの？** ──────▶ 縮約形　017
   我不能喜歡你嗎？　激情指數：★★★☆☆

3. **俺(おれ)を誘(さそ)ってんの？** ──────▶ テイル形的口語　023
   你在邀請我（H）嗎？ / 你在誘惑我嗎？　激情指數：★★★★★

4. **お前(まえ)怒(おこ)っても可愛(かわい)いなー。** ──────▶ 逆接　029
   你生氣也這麼可愛啊。　激情指數：★★☆☆☆

5. **いつも抱(だ)いてほしいって顔(かお)をしてる。** ──────▶ 對他人的希望　035
   你總是露出一臉想被我抱的表情。　激情指數：★★★★★

6. **お前(まえ)が側(そば)にいると、どうしたらいいのか分(わ)からない。** ──────▶ 條件　041
   你在身邊，我就會不知所措。　激情指數：★★☆☆☆

7. **どうすれば僕(ぼく)の気持(きも)ち、彼(かれ)に伝(つた)わるんだろう？** ──────▶ 推測　047
   該怎麼把我的心情傳遞給他？　激情指數：★☆☆☆☆

文法 1

強調

俺(おれ)じゃダメなのか？
難道我就不行嗎？

激情指數：★★☆☆☆

運用時機：

タイガー老師溫柔但傳統、固執，仍使用貝殼機。對老師一見鐘情的允晨，某天看到補習班主任要求他用智慧型手機，才能加入教師群組，於是他求助懂中文的日籍同事。允晨見狀，笑著問：「お前(まえ)を手伝(てつだ)えるよ。」（我可以幫你喔。）但老師已約好同事，允晨不滿且關切地問：「俺(おれ)じゃダメなのか？」（難道我就不行嗎？）

允晨用「手伝(てつだ)う」的可能形「手伝(てつだ)える」表達自己有能力，用「よ」喚起老師的注意，讓他知道「你不知道我的這個能力喔」。最後被拒絕時，讓他在意自己是否不如日籍同事，因此強調性地詢問「俺(おれ)じゃダメなのか？」表達對老師看法的關心。

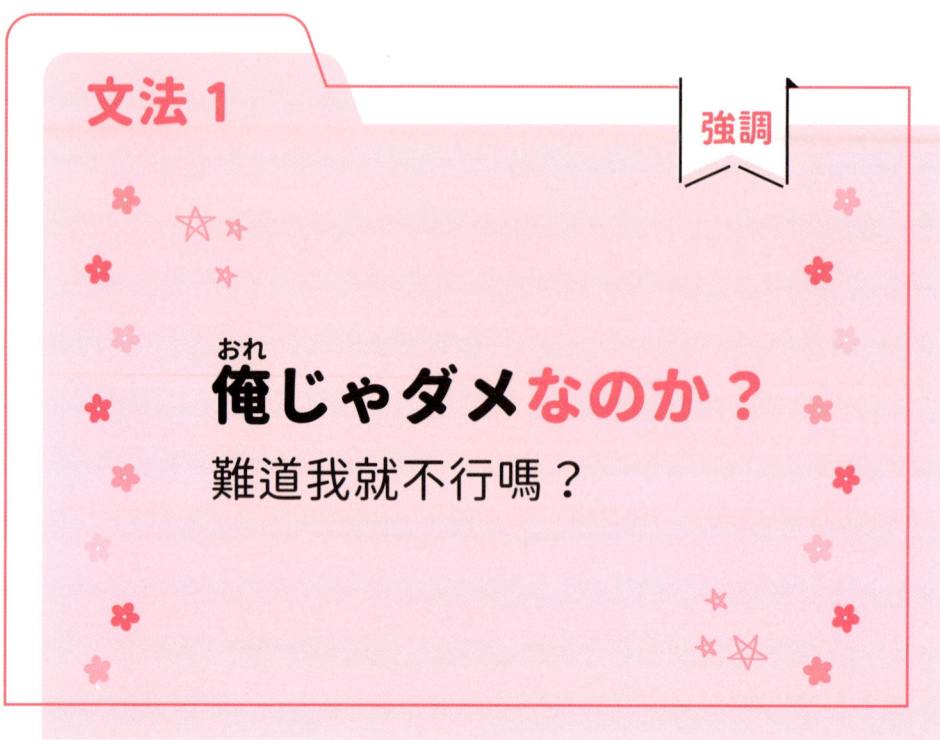

文法1　強調

俺じゃダメなのか？
難道我就不行嗎？

文法教學：

「～（な）のか」是普通形「～（な）んですか」的講法。表示提問者的好奇心或對事情的關心，「～（な）のか」有時更可以省略為「～（な）の？」以上兩者都可以在字面上書寫，「か」和「？」都是表示「疑問」的口氣，而以聲調唸出來時，「か」和「問號前的の」音調必須上揚，這樣才會讓聽者明白發話者是表現「疑問」口氣，而不是「肯定」口氣。如果是肯定的口氣，則是「～（な）んだ」，而普通形就是「～（な）のだ」或「～（な）の」。

接續皆為四大詞性的普通形，不過，遇到「ナ形容詞的肯定」及「名詞的肯定」，要將後面的「だ」去掉，接上「な」才可以完成正確的文法。

延伸例句：

彼を好きになったの？
你喜歡上他了嗎？

今晩のお前は、ケーキのように美味しいんだ。
你今晚像是蛋糕一樣美味。

この前は声が大きかったのに、今回はなんでこんなに静かなの？
之前明明聲音很大的，這次怎麼那麼安靜呢？

昨日お前といたのは、そいつなの？
昨天和你在一起的是那傢伙嗎？

二人っきりだったら、何をするつもりなの？
如果單獨兩人的話，打算做什麼呢？

重點單詞：

俺（おれ）：我｜通常是攻的自稱，口氣較男子氣概、粗暴。

僕（ぼく）：我｜通常是小受的自稱，口氣稍微孩子氣、柔軟，但還保有成人男性的表現。

お前（おまえ）：你｜通常是由霸氣的攻口中說出來的，有以上對下的感覺，也比較大男人。

そいつ：那傢伙｜對第三人稱的稱呼，非常沒禮貌的表現，口氣也相當粗暴，通常用在攻吃醋時，或是對第三者有敵意時使用。

駄目（だめ）：不行，不可以｜ナ形容詞，按照語意及文法才能分辨口氣強烈之分，用於禁止或是表示無用、沒救的說法。例句為「不行」的意思。

好き（すき）：喜歡｜ナ形容詞，比動詞「愛する（あい）」來說，喜歡的程度較弱，但日本人表達深厚的愛情並不會不使用「好き」這個詞彙，因為對日本人來說，「好（す）き」不如「愛（あい）する」沉重，較不會引起對方的心裡負擔。

声（こえ）：聲音指的是生物的聲音，例如人、動物｜而非生命體的聲音，則用「音（おと）」。所以攻和受纏綿時，所發出的聲音是生命體的聲音，因此要用「声（こえ）」。

BLPT 測驗：
請從①～④選出適當的選項

1. <u>お前</u>は俺のものだ！
   ①おめえ　　　②おまえ　　　③おぜん　　　④おなまえ

2. いやだ！<u>だめ</u>だってば！
   ①駄目　　　②太日　　　③打目　　　④駄日

3. 私のこと、気になってる（　）？
   ①なのか　　②なの　　③んだ　　④の

4. 今、二人っきりだから、気まずいよ。
   ① ここに私とあなたしかいないから、いやだ。
   ② あなたはここで告白してくれた。
   ③ 二人っきりの状況が好きだ。
   ④ このことは秘密だ。

5. お前、いつもあいつ ★＿＿＿か。
   ①に　　　②の　　　③している　　④優しく

BLPT 解答與中譯

1	2	3	4	5
②	①	④	①	①

1. お前は俺のものだ！

    你是我的！

2. いやだ！駄目だってば！

    討厭啦！就說不要！

3. 私のこと、気になってるの？

    你很在意我嗎？

4. 今、二人っきりだから、気まずいよ。

    現在只有兩個人，很尷尬啦。

    ① ここに私とあなたしかいないから、いやだ。
       這裡只有我們倆，不喜歡。
    ② あなたはここで告白してくれた。
       你在這裡跟我告白。
    ③ 二人っきりの状況が好きだ。
       我喜歡只有兩個人獨處的狀況。
    ④ このことは秘密だ。
       這件事是秘密。

5. お前、いつもあいつ①に④優しく③している②のか。

    你總是對他那麼親切嗎？ 正確順序為①④③②

文法 2

縮約形

お前を好きじゃだめなの？
我不能喜歡你嗎？

激情指數：★★★☆☆

運用時機：

允晨常製造巧遇，想引起タイガー老師的注意。他常騎車在補習班附近晃，如果タイガー老師那天沒搭到公車，就能順勢載他一程。タイガー老師覺得允晨的貓咪機車和安全帽太可愛，讓他害羞，但又難拒絕允晨的好意，只好淡定接受。

允晨遇到老師時，常說：「先生、乗れ！」（老師，坐上來！）這讓老師感到壓力，因為文法用的是強烈的命令形。有次老師拒絕了，允晨慌亂中直接告白：「お前を好きじゃだめなの？」此時，タイガー先生終於明白了一切。

文法 2

縮約形

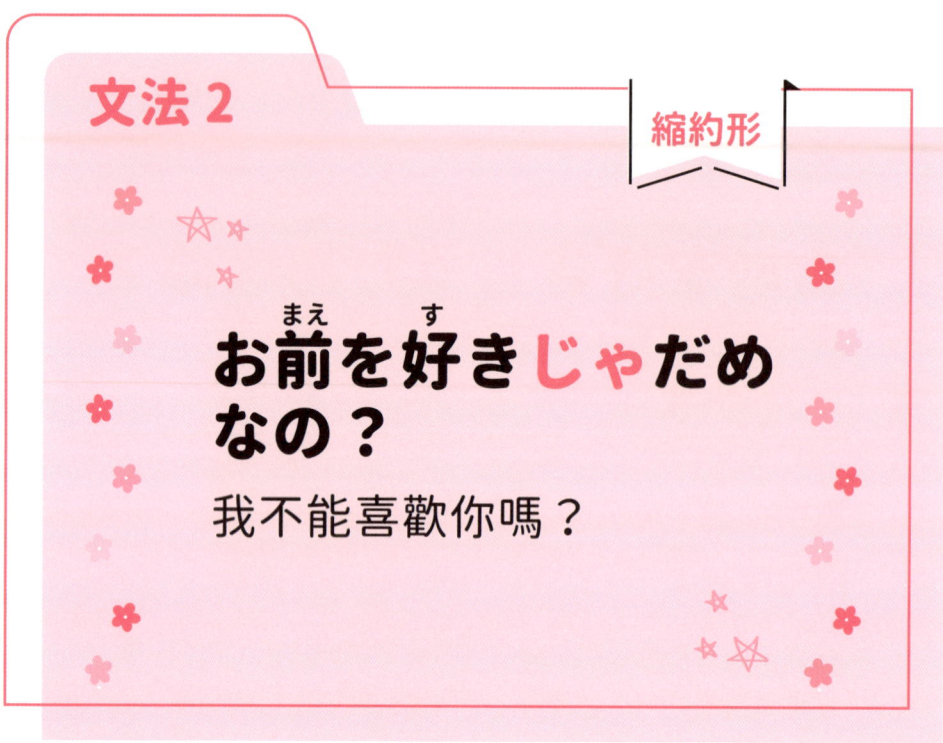

お前(まえ)を好(す)きじゃだめなの？

我不能喜歡你嗎？

文法教學：

「じゃ」是「では」的縮約形，所謂的縮約形是在口語會話中，語速快時脫落幾個音所產生的結果。而無濁音的「ては」，縮約形就是「ちゃ」。

在這邊使用「じゃ」而非「ちゃ」是因為「好(す)き」的詞性是「ナ形容詞」，て形是有濁音的「で」，因此「好(す)きでは」縮約形就是「好(す)きじゃ」。

「て」形加上相當於「私(わたし)は学生(がくせい)です。」的「は」，再接上「だめです」等表示「不可以」的詞所組合出來的「～てはだめです」是「禁止表現」，意思是「不可以……」，而縮約形的話，就是「～ちゃだめ（だ）」。此文法通常用於地位高對地位低，或是視為孩子、後輩的對象使用，表示限制對方不可做何事。

延伸例句：

そこ、触っちゃだめ！
那裡不能摸！

声を出しちゃだめだよ。
不可以發出聲音喔。

痛くても、泣いちゃだめよ。
即便很痛，也不能哭喔。

彼のとこ、行っちゃだめ！
不可以去他那！

俺たちの関係、言っちゃだめだよ。
不可以說出我們的關係喔。

重點單詞：

触る：觸摸｜比起「触れる」，多為具體的觸碰，例如非官方CP的攻用手刻意輕碰小受，就會用這個單字。

触れる：觸碰、接觸｜跟「触る」相比，多了一些非具體的「接觸」，例如兩人終於感受到對方釋出的情感，可以說「二人は気持ちが触れ合った。」（兩人感受到彼此的情感）；另外，也用在「不太經意、輕碰」時，像是攻情不自禁出手摸了小受，就可以使用這個單字。

出す：發出｜是他動詞，表示動作主以自己能操控、控制的能力做出某行為，而達到某成果。就像是小受感到痛時，自己用聲帶發出聲響，造成發聲結果。

痛い：痛｜イ形容詞，主要使用於肉體上的疼痛。

泣く：哭泣｜動詞，如果是過去式的「泣きました」，表示哭了，但如果表示「要哭出來了」「想哭」，則使用「泣きそう」較自然。

とこ：地方｜是「ところ」的口語說法。

行く：去｜移動動詞。常見的移動動詞還有「来ます」、「帰ります」。

関係：關係｜使用於人與人之間具有連結、接觸時使用，但也可以用在「相關性」上，例如最常見的：「IT関係の仕事」（IT方面的工作）。

言う：說｜通常會與「話す」的說一起比較，「言う」是單方面的「告訴」，而「話す」有對談的概念。

BLPT 測驗：
請從①〜④選出適當的選項

1. <u>痛い</u>ってば、優しくして。

①いでい　　　　②いてい　　　　③いたい　　　　④いだい

2. お前が誰かに触れられるたび、<u>はら</u>立った！

①原　　　　　　②お腹　　　　　③脹　　　　　　④腹

3. 俺、本気なの。ごまかし（　　　）だめ！

①ちゃ　　　　　②ぢゃ　　　　　③しゃ　　　　　④じゃ

4. <u>キスだけじゃだめ。もっと欲しいの。</u>

①これだけじゃ足りない。キス以外のこともしたい。
②キスだけで満足だ。
③キスだけでなく、他のこともした。
④何もしたくない。全然何もできなかったから。

5. 好きな子を ＿＿ ＿＿ ★ ＿＿ か。

①ちゃ　　　　　②だめ　　　　　③なの　　　　　④触っ

BLPT 解答與中譯

1	2	3	4	5
③	④	①	①	②

1. 痛いってば、優しくして。

   我說很痛，對我溫柔點。

2. お前が誰かに触れられるたび、腹立った！

   每次有人觸碰你，我就一肚子火！

3. 俺、本気なの。ごまかしちゃだめ！

   我是認真的，不要呼嚨我！

4. キスだけじゃだめ。もっと欲しいの。

   不能只有親吻，我還想要更多。

   ① これだけじゃ足りない。キス以外のこともしたい。
      這樣還不夠，我還想要做親吻以外的事。
   ② キスだけで満足だ。
      只有親吻就滿足了。
   ③ キスだけでなく、他のこともした。
      不只是親吻，也做了其他的事。
   ④ 何もしたくない。全然何もできなかったから。
      我什麼都不想做。因為全部都不能做。

5. 好きな子を④触っ①ちゃ②だめ③なのか。

   我不能碰我喜歡的人嗎？正確順序為④①②③

文法 3

> テイル形的口語

俺を誘ってんの？
你在邀請我（H）嗎？／
你在誘惑我嗎？

激情指數：★★★★★

運用時機：

允晨一直很強勢。自從告白後，他不再安排巧遇，而是直接到老師家接送。雖然タイガー老師覺得困擾，但出於善良，他不想傷害允晨，往往還是被他拉著走，甚至生活上也開始依賴允晨的幫忙。

有一天，大雨滂沱，兩人即使穿著雨衣，也無法擋住雨水。允晨乾脆帶老師回自己家。老師全身濕透，白襯衫緊貼著身體，透出肌膚的顏色，露出的線條性感極了。允晨遞毛巾過去，卻突然抽回手，調皮地說：「俺を誘ってんの？」這句話帶點霸道和粗魯，讓老師頓時不知所措。

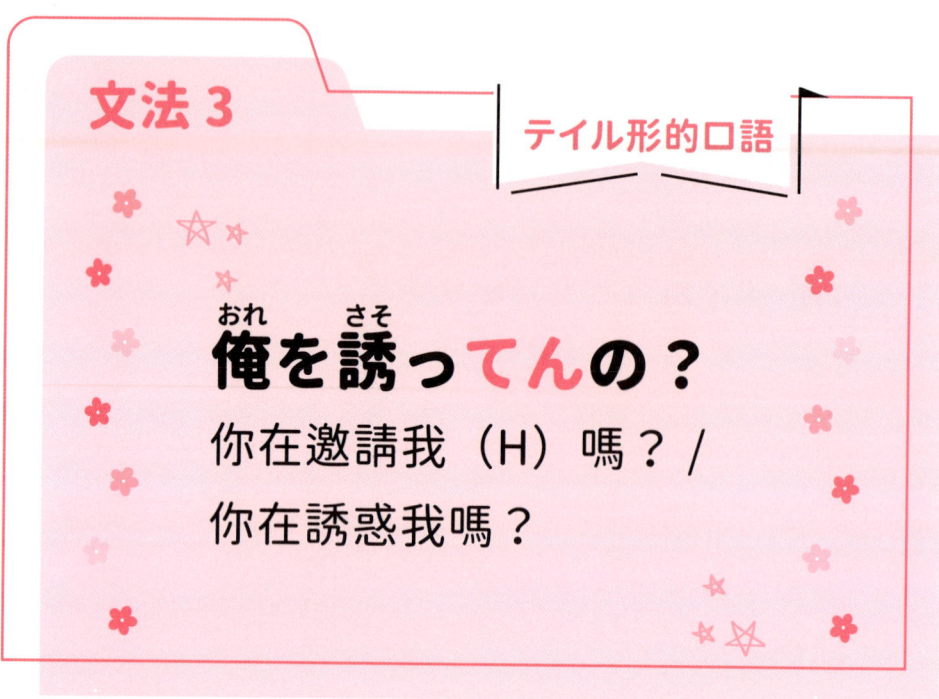

文法教學：

在初級文法中，我們學過「テイル形」，如同日語的一貫特徵，皆有口語、省略時的說法。

「ている」轉變成口語時，只要將「い」捨去，即「〜てる」，但如果要再將口語型態的口氣變得較刻薄、冷淡時，則將「〜ている」中的「いる」改為「ん」。而通常這種口氣霸道又粗魯，所以常在男性對親密的人身上使用。

如同前篇，每當「て」變成濁音「で」，後續的變化也會跟著變，因此如果是「でいる」，那就變成「でる」。

最後，本篇例句中的「の」就如同先前教學過的「の」一樣，保有好奇語氣的疑問，經常在日本人生活中一起搭配使用。

延伸例句：

何(なに)してんの？やめろ！
你在幹什麼？住手！

高校(こうこう)のこと、どれくらい覚(おぼ)えてんの？
高中的事情，你記得多少？

お前(まえ)をちゃんと見(み)てんだから、俺(おれ)を好(す)きだって言(い)えよ。
我都好好地看著你，就說喜歡我吧。

俺(おれ)の気持(きも)ちわかってんの？俺(おれ)をちゃんと見(み)ろよ！
你懂我的心情嗎？好好看著我啊！

逃(に)げんなよ！てめえは俺(おれ)のものだ！
不准逃！你是我的東西！

重點單詞：

やめる：住手、放棄｜可用於自己或對方身上。以上的例句搭配的是「命令形」，表示強烈的「禁止」。如果用於「放棄」的意思當中，常在「タバコをやめる。」（戒菸）、「会社をやめる。」（辭職）等例句中出現。

覚える：記得｜常有一種設定，是攻與受曾有一段舊情，或是舊事，當他們談起過去的「記憶」時，使用的會是大腦本身自然功能產生的「覚える」，而非刻意執行的「暗記する」（背誦）。

見る：看｜攻深情地看著受，以文字敘述來說，可說就是「直盯著看」，因此會用「見る」，如果是不經意在路上看到了，則不可用「見る」，而要用「見かける」（看到）。

気持ち：感覺｜這個單字可用於情感上的，也可用於身體上的感受，通常搭配「～がいい」（舒服、心情好）或「～が悪い」（不舒服、心情不好），因此單看這個單字無法分辨角色當時的感受是指哪個部分，所以務必循著攻和受互動的脈絡，再判斷「気持ち」所指的意思。

BLPT 測驗：
請從①～④選出適當的選項

1. 俺のこと、覚えてんの？
   ①おぼえ　　　②おかえ　　　③おまえ　　　④おぽえ

2. あなたをずっとさがしてたんだよ。会えてよかった。
   ①探して　　　②深して　　　③蒐して　　　④差して

3. 羨ましい。お前がずっとそいつを愛し（　　）だから。
   ①てん　　　②てんの　　　③てんる　　　④てんよ

4. そいつは、俺たちが付き合ってるって知ってんの？
   ①そいつはてめえが好きだ。
   ②俺たちはそいつを騙してる。
   ③お前、浮気した？
   ④そいつは俺たちのこと知らないだろう。

5. そいつ＿＿★＿＿ずっと持ってんの？
   ①を　　　②プレゼント　　　③から　　　④の

BLPT 解答與中譯

1	2	3	4	5
①	①	①	④	④

1. 俺のこと、覚えてんの？

    你記得我嗎？

2. あなたをずっと探してたんだよ。会えてよかった。

    我一直在找你，能見到你真是太好了。

3. 羨ましい。お前がずっとそいつを愛してんだから。

    好羨慕，因為你一直愛著他。

4. そいつは、俺たちが付き合ってるって知ってんの？

    那傢伙知道我們在交往嗎？

    ①そいつはてめえが好きだ。

     那傢伙喜歡你。

    ②俺たちはそいつを騙してる。

     我們騙那傢伙。

    ③お前、浮気した？

     你劈腿了嗎？

    ④そいつは俺たちのこと知らないだろう。

     那傢伙應該不知道我們的事。

5. そいつ③から④の②プレゼント①をずっと持ってんの？

    你一直留著那傢伙給的禮物？正確順序為③④②①

文法 4

逆接

お前(まえ)怒(おこ)っても可愛(かわい)いなー。
你生氣也這麼可愛啊。

激情指數：★★☆☆☆

運用時機：

允晨的霸道與粗魯，還有帶著惡趣味的語氣，讓老師既羞又生氣，忍不住說：「からかわないでよ。」（別嘲弄我。）老師驚覺自己最近與年下的允晨接觸過多，他的言行越來越超過，這在道德上已經失控。老師迅速收拾東西，打算離開，允晨卻笑著說：「お前(まえ)怒(おこ)っても可愛(かわい)いなー。」並提醒：「もうバスがないよ。」（已經沒有公車了。）

允晨的這句「怒(おこ)っても」，表達了即便老師生氣，根據情理應該顯得可怕或令人敬畏，但允晨卻覺得老師的樣子反而很可愛。這種前後不一致的結果，正是「～ても」的典型用法，強調即使前提條件成立，後句卻呈現相反的效果。

文法 4

逆接

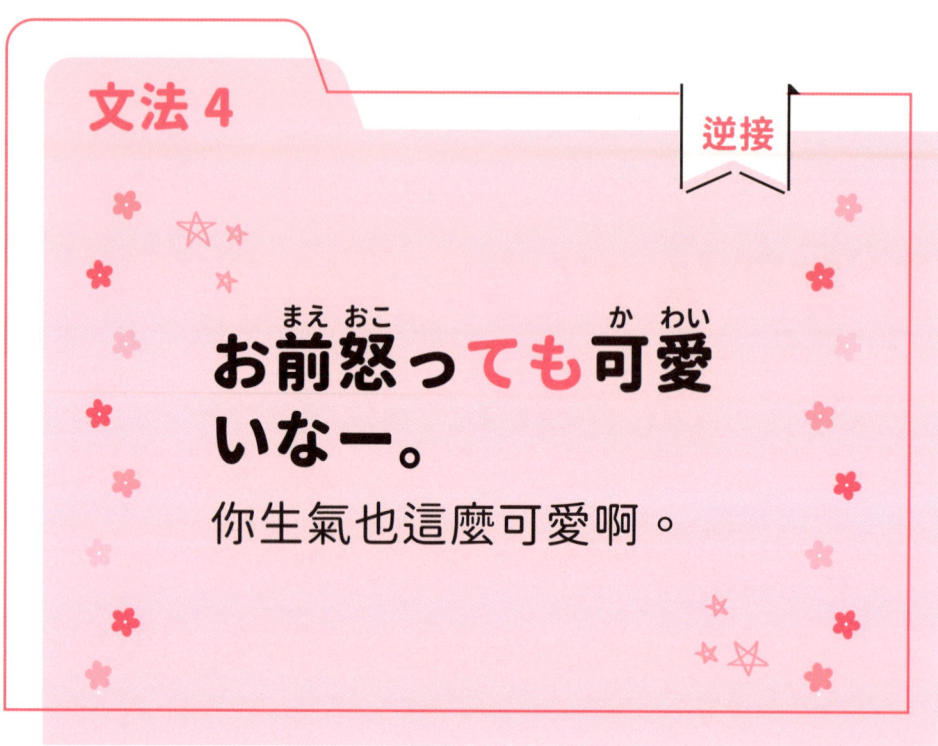

お前(まえ)怒(おこ)っても可愛(かわい)いなー。

你生氣也這麼可愛啊。

文法教學：

「～ても」是一種逆接表現，可以翻譯成「即使、不管……」，表示前句有這樣的條件，但不會因擁有這個條件，而得到預想的結果。前句和後句只要是非一致走向即可，且前句不一定都是要正向詞彙，或是負向詞彙開頭。

四大詞性都可以接續，動詞依照分類，各自變成「て形」，イ形容詞去い變「くて＋も」，而ナ形容詞和名詞，則直接接「で＋も」。

「ても」還有一個慣用的組合，也就是句頭放上「いくら」，表示強調後面的敘述，程度更加深刻，可以翻為「無論如何、不管如何……都……」。

延伸例句：

どこに隠れても、お前を見つけられる。
不管你躲在哪裡，我都找得到你。

傷ついても、気にならない。
即使你受過傷，我也不介意。

どれだけ辛くても、ずっと一緒にいよう。
無論多艱辛，我們都一直在一起吧。

お前が男でも、好き！
即使你是男的，我也喜歡你！

嫌でも、逃がさねえよ。
即使你討厭，我還是不會讓你逃喔。

重點單詞：

隠(かく)れる：躲藏｜意指在某人視線中消失，是自動詞，所以可知是角色「自己」躲藏起來，不讓人發現。

気(き)になる：在意｜「気」在中文是難以翻譯的，但在日語中，可以銜接非常多的動詞，得出不同的意思，在此，「～になる」的「なる」是「成(な)る」（變成）之意，也就是讓心情產生變化，變得關注。在戀愛情境中使用的話，則是「好(す)き」的前兆，表示對某人開始產生關注和在意，之後也許演變成明確的「好き」情感。

辛(つら)い：辛苦、痛苦｜イ形容詞，和「辛(から)い」「辣」寫法相同，所以務必依照前後文判斷字意。

逃(に)す：逃跑｜他動詞，表示以「動作主」人為的行為，做出某些事，使「逃跑」這個動作成立。否定的「逃(に)がさねえ」指的就是動作主利用自己的任何行動，讓對方無法逃離。

BLPT 測驗：
請從①～④選出適當的選項

1. やっと会えた。俺、ずっと辛かったよ。
① つらかった　　② からかった　　③ がらかった　　④ ずらかった

2. そいつと話してるお前のかおが気に入らない！
① 面　　　　　　② 頬　　　　　　③ 顔　　　　　　④ 顏

3. 俺の気持ちを受け入れな（　　　）、俺の世界からいなくならないで。
① いても　　　　② いでも　　　　③ くても　　　　④ くでも

4. お前が誰を好きでも、ずっとそばにいてやる。
① 何があっても、俺たちはずっと恋人でいよう。
② お前が好きな人は俺じゃなくても大丈夫だ。ずっとそばにいる。
③ 誰かがお前が好きでも、私たちは離れない。
④ 俺はあなたの恋人だ。

5. たとえお前が＿＿＿★、お前を見守ってる。
① 嫌い　　　　　② を　　　　　　③ 俺　　　　　　④ でも

BLPT 解答與中譯

1	2	3	4	5
①	④	③	②	④

1. やっと会えた。俺、ずっと辛かったよ。

    終於能見到你了。我一直好痛苦。

2. そいつと話してるお前の顔が気に入らない！

    我不喜歡你和那傢伙在一起的樣子！

3. 俺の気持ちを受け入れなくても、俺の世界からいなくならないで。

    即使你不接受我的心意，也不要在我的世界消失。

4. お前が誰を好きでも、ずっとそばにいてやる。

    即使你喜歡別人，我也會一直在你身邊陪伴你。
    ① 何があっても、俺たちはずっと恋人でいよう。

      不管發生什麼事，我們都要當戀人。
    ② お前が好きな人は俺じゃなくても大丈夫だ。ずっとそばにいる。

      你喜歡的人不是我也沒關係，我會一直待在你身邊。
    ③ 誰かがお前が好きでも、私たちは離れない。

      即使有人喜歡你，我們也不會分開。
    ④ 俺はあなたの恋人だ。

      我是你的戀人。

5. たとえお前が③俺②を①嫌い④でも、お前を見守ってる。

    即使你討厭我，我也會守護者你。正確順序為③②①④

文法 5

對他人的希望

いつも抱いてほしいって顔をしてる。

你總是露出一臉想被我抱的表情。

激情指數：★★★★★

運用時機：

タイガー先生正準備出門時，允晨突然一手將門關上，低頭深情地說：「いつも抱いて欲しいって顔をしてる。」這句話透露了他對老師強烈的渴望。

由於這話是直接對老師說的，省略了「お前」和「俺」的主語。完整的句子應該是：「お前はいつも俺に抱いてほしいって顔をしてる。」在這種句型中，關鍵在於「に」前的對象，這能清楚表明「誰希望誰做」。也就是說，老師希望允晨抱自己。

「顔」加上「〜をしてる」，表示外在的樣子，總結來說，老師的表情顯示出他希望允晨抱住自己的樣子。

這句話的意思，也可以用被動表現「お前はいつも俺に抱かれたいって顔をしてる。」更直接呈現渴望。

文法 5

對他人的希望

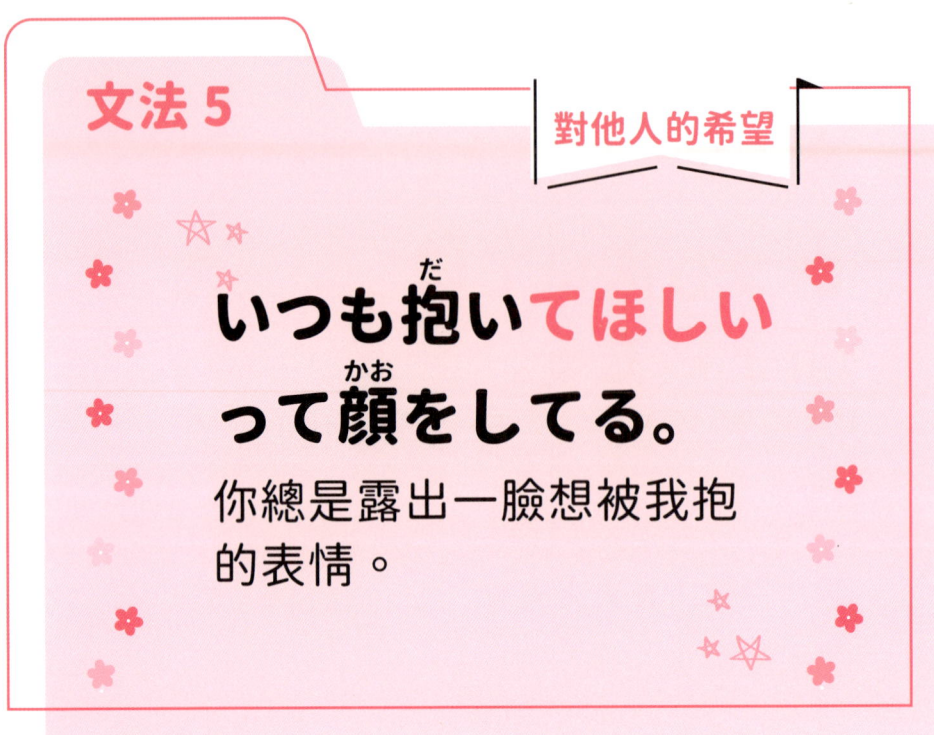

いつも抱(だ)いてほしいって顔(かお)をしてる。
你總是露出一臉想被我抱的表情。

文法教學：

「～てほしい」是A希望B做「某動作」的文型，因此「～てほしい」前的詞性接「動詞」，因此可以是肯定希望的「Vてほしい」或是否定希望的「Vないでほしい」。

而如何分辨誰希望誰做某事時，以助詞作為判斷，最典型的組合為「AはBに～てほしい。」主語「は」是期望者，對象「に」則表示期望的對象，因此是「A希望B做某事。」

有時「～ないでほしい」也可直接和「～ないでください」替換。

延伸例句：

もっと僕のことを気にかけてほしい。
我希望你多關心我。

君のキスをたくさん感じたいから、もっとキスしてほしい。
我希望你能多吻我，我想更深刻地感受到你的吻。

君の手で、もっと触れてほしい。
我希望你的手能更觸碰我多一些。

もっと君の体温を伝えてほしい。
我希望你能讓我多感受到你的體溫。

一緒にいてくれるだけでいいから、そばにいてほしい。
只要陪著我一起就好，我想要你在我身邊。

重點單詞：

気にかける：關心｜如同之前所述，「気」在日語是很難具象化的，也難以用中文翻譯，加上「かける」也是難以具象化，只能勉強用「在精神上的『加諸』」理解，因此建議以單句記下來。

感じる：感受｜接受到事物帶來的感覺。

もっと：更加｜程度副詞，可以銜接動詞表示該動詞的程度更上一層。按照例句，話者不僅是想觸摸，而是比純粹的觸摸有更多的渴望。

伝える：傳達｜他動詞，有各種傳達，例如科學的熱傳達等，在上述的例句中，確實是「熱傳達」，但也帶有情緒的表現。

一緒に：一起｜「一緒」是名詞，加上「に」作為副詞修飾動詞使用，有時動詞句已含有「一起動作」的意思時，不使用「一緒に」也可表現「一起動作」，例如：「行こう。」（走吧），但例句中單有「いてくれる」無法表現「一起」的意涵，因此「一緒に」無法省去。

そば：旁邊｜漢字為「側」，指的是靠近周圍，但並非同「隣」有緊挨在旁的意思。

いる：在、有｜只有可移動的生命體的存在，例如「人、動物」，而無法移動的非生命體，則使用「ある」，て形則是「いて」。

BLPT 測驗：
請從①〜④選出適當的選項

1. あなたの気持ちをはっきり伝えてほしいです。
   ①つだえて　　　②づたえて　　　③つたえて　　　④づだえて

2. 君がそばにいると、とても幸せを感じるよ。
   ①隣　　　　　　②横　　　　　　③旁　　　　　　④側

3. もう一度、私のことを（　　　）ほしい。
   ①見って　　　　②見て　　　　　③見んで　　　　④見いて

4. 俺だけを愛してほしい、それ以外は許さない。
   ①君を愛させてほしい、俺から離れないでくれ！
   ②もう俺のことは忘れてほしい、これ以上は無理だ。
   ③俺だけを見つめてほしい、他の誰かは受け入れるな！
   ④俺の前から消えてほしい、もう耐えられない。

5. 俺だけ★＿＿＿、他の誰にも渡さない。
   ①いて　　　　　②ほしい　　　　③を　　　　　　④見て

39

BLPT 解答與中譯

1	2	3	4	5
③	④	②	③	③

1. あなたの気持ちをはっきり伝えてほしいです。
   我想聽你直接告訴我你的心意。

2. 君が側にいると、とても幸せを感じるよ。
   你在身邊，我就感到好幸福。

3. もう一度、私のことを見てほしい。
   我希望你再多看我一眼。

4. 俺だけを愛してほしい、それ以外は許さない。
   我只想讓你愛我，其他的一切我都不允許。
   ① 君を愛させてほしい、俺から離れないでくれ！
      讓我愛你，別離開我！
   ② もう俺のことは忘れてほしい、これ以上は無理だ。
      請忘了我吧，這樣下去我無法承受了。
   ③ 俺だけを見つめてほしい、他の誰かは受け入れるな！
      我只想讓你注視著我，眼裡不准有其他人！
   ⑤ 俺の前から消えてほしい、もう耐えられない。
      希望你從我面前消失，我已經無法忍受了。

5. 俺だけ③を④見て①いて②ほしい、他の誰にも渡さない。
   我只想要你注視著我，眼神絕不看任何人。正確順序為③④①②

文法 6

條件

お前が側にいると、どうしたらいいのか分からない。

你在身邊，我就會不知所措。

激情指數：★★☆☆☆

運用時機：

允晨將臉靠近タイガー老師，眼中滿是深情。老師的心跳不由得加速，這一刻他突然意識到，在這段時間裡，他已經習慣依賴允晨處理生活中的大小瑣事。隨著相處的日子越來越長，這份情感也在不知不覺中變得愈加深厚。也許，自己早已不知不覺地愛上了允晨。

然而，傳統觀念的束縛讓他無法接受這種師生之間的情感。他困擾地對允晨說：「お前が側にいると、どうしたらいいのか分からない。」允晨的靠近總讓他無法自持，每每在一起，內心就自然在道德與真實感情之間不斷拉扯，找不到平衡的出口。

文法 6

條件

お前<ruby>前<rt>まえ</rt></ruby>が側<ruby>側<rt>そば</rt></ruby>にいると、どうしたらいいのか分<ruby>分<rt>わ</rt></ruby>からない。

你在身邊，我就會不知所措。

文法教學：

「～と、～」是一種條件表現，中文大多可翻譯為「……的話/一……就……」，是假設前句條件成立時，會發生後句的事情。

條件表現有四個：「～と、～」「～なら、～」「～たら、～」「～ば、～」，而這一個條件表現是屬：「A一發生，自然地反覆習慣出現B的狀況。」例如：「要是一到高處，我就會頭暈。」「小七一遠，就不方便了」，但是，B不可以有「意志」的表現，例如：「小七一遠，我就不打算住在那。」「打算」就是一種透過腦部有意志的計畫，因此就不會是正確的表現。

接續為四大詞性的普通形，但「ナ形容詞」「名詞」僅只用於現在式及否定形態。

延伸例句：

彼が私の手を取ると、胸がドキドキしてとまらなかった。
他一牽起我的手，我就心跳不已。

彼はスーツを着ると、すごくかっこいい。
他一穿上西裝，就很帥。

彼と目が合うと、心がときめく。
一和他對上眼，我的心就開始悸動。

彼と話すと、いつも幸せな気持ちになる。
一和他聊天，我總是會感覺到幸福。

毎朝彼の寝顔を見ると、幸せだなって思う。
每早看到他的睡臉，就感覺好幸福。

重點單詞：

取る：拿取、取得｜「取る」有物理上的拿取及取得某種成果、資格，而例句的「牽手」，則是指動作主拿取/拿起對方的手，是物理上的表現。另有「繋ぐ」，則是以「雙方互相」牽起手，與「取る」的單方面有些不同。

胸：胸部｜以名詞看待是指人類的胸部，但在抽象概念，是指內心的情感。

ドキドキする：心怦怦跳｜「ドキドキ」是副詞，指的是興奮、害怕等心跳加速的狀況。

着る：穿｜指上半身衣物的穿著動作。以衣物的穿著動作，會有不同的動詞，例如「ズボンを履く。」穿褲子，因為動作是由下往上穿著、套入，所以不使用「着る」則是「履く」。

ときめく：心臟跳動、激動｜自動詞，表示因某件事而產生喜悅的期待，而不自覺心跳不已，與「ドキドキ」稍有不同。

幸せ：幸福｜ナ形容詞，肯定表現為「幸せです」，否定表現為「幸せではない」，也可簡略為「幸せでない」。

BLPT 測驗：
請從①～④選出適當的選項

---

1. お前と手を繋いで、永遠に離したくない。

　①つないで　　　②ずないで　　　③つらいで　　　④ずらいで

2. 君は本当にかっこよくて、惹かれてしまう。

　①学校　　　　　②格好　　　　　③格体　　　　　④姿態

3. お前が幸せ（　　　）ないと、俺も幸せになれない。

　①でも　　　　　②だ　　　　　　③で　　　　　　④る

4. お前を抱きしめると、胸が温かくなる。
　①君を抱きしめると、胸がざわついて落ち着かない。
　②君を抱きしめると、胸が熱くなる。
　③君を抱きしめると、本当に嬉しい。
　④君を抱きしめると、ほっこりして幸せな気持ちになる。

5. お前がそいつ＿＿★＿＿、めっちゃ嫉妬しちゃうよ。

　①に　　　　　　②笑い　　　　　③かける　　　　④と

BLPT 解答與中譯

1	2	3	4	5
①	②	③	④	②

1. お前と手を繋いで、永遠に離したくない。
   和你牽著手,我永遠都不想放開。

2. 君は本当に格好よくて、惹かれてしまう。
   你真的好帥,讓我深深著迷。

3. お前が幸せでないと、俺も幸せになれない。
   你不幸福的話,我也無法感到幸福。

4. お前を抱きしめると、胸が温かくなる。
   抱著你的時候,心裡就會變得好溫暖。
   ① 君を抱きしめると、胸がざわついて落ち着かない。
      抱著你的時候,內心就無法平靜。
   ② 君を抱きしめると、胸が熱くなる。
      抱著你的時候,我的胸口就感到炙熱。
   ③ 君を抱きしめると、本当に嬉しい。
      抱著你的時候,我真的好高興。
   ④ 君を抱きしめると、ほっこりして幸せな気持ちになる。
      抱著你的時候,感到溫暖且幸福。

5. お前がそいつ①に②笑い③かける④と、めっちゃ嫉妬しちゃうよ。
   你對那傢伙微笑,我就感到很嫉妒。正確順序為①②③④

46

文法 7

推測

どうすれば僕の気持ち、彼に伝わるんだろう？
該怎麼把我的心情傳遞給他？

激情指數：★☆☆☆☆

運用時機：

此時，允晨的眼中閃過一絲喜悅，他說：「もういいよ、無理させないから。」（好啦，就不逼你了。）然後轉身進房，開始整理床鋪。

タイガー老師猶豫著跟了進去，一邊心想，跟允晨同床是否太過背德，但最終還是抵不過睡意，只想躺上那張柔軟的床。

幸好，入睡時允晨什麼也沒做，沒多久便睡著了。老師用表示「自言自語」的文法「だろう」道：「どうすれば僕の気持ち、彼に伝わるんだろう。」這複雜的心情讓他困惑，不知道是允晨的問題，還是自己的問題。就在這樣的思緒中，他也不知不覺地睡著了。

文法 7

推測

どうすれば僕の気持ち、彼に伝わるんだろう？

該怎麼把我的心情傳遞給他？

文法教學：

「だろう」可以用在自言自語上，或是對聽話者表示自己的推測。而本篇是屬於前者。接續方式為四大詞性的「普通形」，而遇上「ナ形容詞」「名詞」則去掉「だ」後加上「だろう」。

「だろう」表現出自己無法斷定、確定之事，是種推測表現。以自言自語的方式，在心中思考，但不能使用於意志性事情上，例如：「明日、デパートへ行くだろう。」（明天會去百貨公司吧。）

丁寧形的型態為「でしょう」。

延伸例句：

別れ話をしたら、悲しむだろうね。
如果跟他提分手，他會很難過吧。

強引な男が嫌いって、どう伝えたらいいだろう？
怎麼跟他說我討厭強勢的男人？

彼を送り迎えしたら、喜ぶだろうか。
如果我接送他上下班，他應該會很高興吧。

彼の生活を手伝ったら、もっと頼ってくるだろうか？
我幫他打理生活，他會不會越來越依賴我？

彼はこんなに私を愛してるから、離れていかないだろう。
他這麼愛我，不會離開我的。

重點單詞：

悲(かな)しむ：難過｜動詞，表示情緒的悲傷，形容詞表現為「悲(かな)しい」。

強引(ごういん)：強勢、強硬｜ナ形容詞，加上「に」可變副詞使用，指的是對事物無理的勉強。

嫌(きら)い：討厭｜ナ形容詞，表示對某事物的厭惡，不想與其扯上關係，因此如例句所述，話者不想與「強硬的態度」有所接觸，表示排斥。

喜(よろこ)ぶ：高興｜與意為高興的「嬉(うれ)しい」、「楽(たの)しい」不同，是指「他人」的喜悅。

頼(たよ)る：依靠、依賴｜實際行動指的是因支持、幫助而感到的依靠，也充分表達信賴感。所以例句中，自言自語的話者，前句提出的理由「幫忙、打理生活」，就是一種支持與幫助。

BLPT 測驗：
請從①〜④選出適當的選項

1. 君を強引に抱きしめても、きっと嫌がらないだろう。

①ごういん　　　②こいん　　　③こういん　　　④ごういい

2. 今日もおくりむかえしてくれるんだろう。

①送り迎え　　　②送り帰え　　　③送り返え　　　④送り回え

3. やっぱり僕のことが好き（　　　）か…？

①でだろう　　　②だだろう　　　③なだろう　　　④なんだろう

4. 彼も僕のことを好きになってくれたらいいんだけど…。
①彼は絶対に僕のことを好きにならないんだろうけど…。
②彼に僕を好きになってほしい。
③彼も僕のことをもう好きなんだろうけど…。
④彼も僕のことを嫌いなんだろうけど…。

5. どうすれば彼をもっと ＿ ★ ＿ ＿ …？

①ん　　　②られる　　　③だろう　　　④喜ばせ

BLPT 解答與中譯

1	2	3	4	5
①	①	④	②	②

1. 君を強引に抱きしめても、きっと嫌がらないだろう。
   如果我強行抱住你,你應該不會抗拒吧。

2. 今日も送り迎えしてくれるんだろう。
   他今天也會來接送我吧。

3. やっぱり僕のことが好きなんだろうか…?
   他果然是喜歡我的吧…?

4. 彼も僕のことを好きになってくれたらいいんだけど…。
   他如果也能喜歡上我就好了吧…。
   ① 彼は絶対に僕のことを好きにならないんだろうけど…。
      他絕對不會喜歡我吧…。
   ② 彼に僕を好きになってほしい。
      我希望他能喜歡上我。
   ③ 彼も僕のことをもう好きなんだろうけど…。
      他應該已經喜歡上我了吧…。
   ④ 彼も僕のことを嫌いなんだろうけど…。
      他大概討厭我吧…。

5. どうすれば彼をもっと④喜ばせ②られる①ん③だろう…?
   要怎麼做才能讓他更開心呢…?正確順序為④②①③

第二幕
欲拒還迎

第二幕 欲拒還迎

8. お前がほしい。 → 希求、願望　057
　　我想要你。　　激情指數：★★★★★

9. 好きだ！なんでわからないの？ → 動詞否定　063
　　我喜歡你！為什麼你還不懂？　　激情指數：★★★★☆

10. 俺はいつまで我慢すればいいの？ → 請求對方指示　069
　　你到底要讓我忍到哪時候？　　激情指數：★★★☆☆

11. 恥ずかしいから、見ないで！ → 否定輕微命令　075
　　很丟臉，不要看！　　激情指數：★★★☆☆

12. 悲しい目つき……慰めたい。 → 行為的欲望　081
　　你的眼神好悲傷，我想安慰你。　　激情指數：★★☆☆☆

13. お願いだ、そばにいてくれ！ → 強烈命令　087
　　拜託，待在我身邊！　　激情指數：★★★★☆

14. 君の心が傷ついて、僕は心が痛くなる。 → 形容詞變化　093
　　你的心受傷了，我好心疼。　　激情指數：★★★☆☆

15. あなたのそばにいる資格がない。 → 存在　099
　　我沒資格在你身邊。　　激情指數：★★★☆☆

16. こんな私にあなたを好きになる資格はない。　　　　→　修飾名詞　105
　　像我這種人沒資格愛你。　激情指數：★★☆☆☆

17. しっ……見つかるよ。　　　　　　　　　　　　　→　終助詞　111
　　噓……會被發現的喔。　激情指數：★★★☆☆

18. 彼の唇が熱い。もう無理だ。　　　　　　　　　　→　格助詞：眼前的現象　117
　　他的嘴好熱烈，我不行了。　激情指數：★★★★☆

19. お前の体、あっつ。　　　　　　　　　　　　　　→　形容詞縮略　123
　　你的身體，好燙。　激情指數：★★★★★

20. もう、我慢できない！　　　　　　　　　　　　　→　三類動詞可能形　129
　　我已經無法忍耐了！　激情指數：★★★★☆

21. 優しくして。　　　　　　　　　　　　　　　　　→　變化　135
　　請你對我溫柔點。　激情指數：★★★☆☆

22. なぜ体が言うこと聞かないのか？　　　　　　　　→　慣用　141
　　爲什麼身體不聽使喚？　激情指數：★★★★★

23. もう壊れちゃう。　　　　　　　　　　　　　　　→　完了、遺憾、不小心　147
　　我快壞掉了。　激情指數：★★★★★

文法 8

希求、願望

お前(まえ)がほしい。
我想要你。

激情指數：★★★★★

運用時機：

晨光透過眼皮滲入，タイガー老師慢慢醒來。就在此時，允晨翻身過來，從背後抱住老師，輕聲撒嬌道：「お前がほしい。」這句話再度讓老師陷入思緒的漩渦。隨著允晨不斷詢問老師的心意，老師的壓力越來越大。他實在無法這麼快就給出明確的回應，於是動動身子，試圖逃開允晨那強壯的雙臂⋯⋯。

允晨將「〜がほしい」直接用於「人」這個詞語上，充分表達他想擁有老師的渴望，尤其是他直接對著老師本人說這句話時，這份渴求的感情更加直白、強烈，遠勝於對他人說：「先生(せんせい)がほしい」，顯得更加露骨。

文法 8

希求、願望

お前(まえ)がほしい。
我想要你。

文法教學：

「〜がほしい」表示第一人稱對人、物的希求、願望，因此前面放名詞。可翻譯成「想要……」，如果要問對方（第二人稱）的話，則加上一個「か」即可，但用於敘述第三人稱時，則要變成「〜がほしがっている」或「〜がほしいと言(い)っている」。「〜ほしい」不可用於對地位高的人使用，例如：「先生(せんせい)、何(なに)がほしいですか。」

「〜ほしい」語尾活用如同形容詞，因此不同時態、肯定及否定的變化，與イ形容詞相同。

延伸例句：

お前のキスがほしい。
我想要你的一吻。

お前の唇がもう一度ほしい。
我想再要一次你的吻。

あなたの温もりがほしい。
我想要你的溫暖。

お前の声がほしい。
我想要聽到你的聲音。

お前のすべてがほしい。
我想要你的全部。

重點單詞：

キス：親吻｜可加「する」變成動詞，是英語「kiss」而來的外來語。

唇（くちびる）：嘴唇｜以人體器官來說，是雙唇的意思。在例句中，可衍伸為「親吻」更深度的涵義。

もう一度（いちど）：再一次｜「もう」是更加，「一度」是一次，也就是表示「再加上一次」之意。

温（ぬく）もり：溫暖｜名詞，指的是「溫暖的」溫度，因此在例句中不使用形容詞「温（あたた）かい」等表現，而是使用名詞「温（ぬく）もり」表達「某種『溫度』」。

全（すべ）て：全部｜是名詞，也是副詞，如果當作名詞使用，則指物事的全部，當作副詞使用時，後面通常接動詞，而表示全盤進行某動作。

BLPT 測驗：
請從①～④選出適當的選項

1. お前の全てを愛している。

①せんて　　　　②ぜんて　　　　③すべて　　　　④つべて

2. お前のぬくもりに包まれて眠りたい。

①熱もり　　　　②暑もり　　　　③温もり　　　　④暖もり

3. お前にいて（　　　）けど、もう隣にはいないんだね。

①ほしいない　　②ほしい　　　　③ほしくない　　④ほしかった

4. お前の唇がほしい。触れるだけで全てどうでもよくなる気がする。
①お前とキスすると、悩みなんて忘れてしまうんだ。
②お前とキスするだけで、君は消えてしまうんだ。
③お前とキスすると、君の唇が溶けてしまうんだ。
④お前の唇はとても繊細だ。

5. 君との別れは、僕が一番 ＿＿ ＿＿ ★ ＿＿ 。

①もの　　　　　②ほしく　　　　③だ　　　　　　④ない

BLPT 解答與中譯

1	2	3	4	5
③	③	④	①	①

1. お前の全てを愛している。

   我愛你的一切。

2. お前の温もりに包まれて眠りたい。

   我想在你的溫暖中入睡。

3. お前にいてほしかったけど、もう隣にはいないんだね。

   我曾經那麼渴望你在我身邊，但現在你已經不在了。

4. お前の唇がほしい。触れるだけで全てどうでもよくなる気がする。

   我想要你的唇。只要輕輕碰觸，彷如什麼都變得不重要了。

   ① お前とキスすると、悩みなんて忘れてしまうんだ。
      我跟你親吻時，就會忘記煩惱。
   ② お前とキスするだけで、君は消えてしまうんだ。
      只要跟你親吻，你就會消失。
   ③ お前とキスすると、君の唇が溶けてしまうんだ。
      跟你親吻時，你的唇就會溶化。
   ④ お前の唇はとても繊細だ。
      你的唇好柔軟。

5. 君との別れは、僕が一番②ほしく④ない①もの③だ。

   和你分開是我最不想要的事情。正確順序為②④①③

文法 9

動詞否定

好^すきだ！なんでわからないの？

我喜歡你！為什麼你還不懂？

激情指數：★★★★☆

運用時機：

當タイガー老師試圖掙脫允晨的雙臂時，允晨再次向老師表白了。此時，允晨緊緊抱住老師，懇求他給予回應，激動地問道：「好^すきだ！なんでわからないの？」允晨不明白，明明兩人之間有那麼多生活上的互動，為什麼一直得不到老師的回應。

允晨運用了第一個例句中的「んです/のです」，並加上「か」來表示強烈的關注與疑問。而由於允晨使用的是口語形式的「～の？」句式，所以「わかりません」（不懂）這個動詞就需要改成普通形中的「ない形」：「わからない」，才能正確地銜接整句話。

文法 9

動詞否定

好(す)きだ！なんでわからないの？

我喜歡你！為什麼你還不懂？

文法教學：

在初級階段，我們學到動詞的變化以連用形，也就是「ます形」為基礎。例如，「わからない」（不懂）的「ます形」是「わかりません」，而肯定表現則是「わかります」（懂）。當我們需要將「ます形」變為否定表現時，只需將「ます」改為「ません」即可。

但是，為了接續「～の？」的句式，必須使用未然形，也就是普通形中的「ない形」。日語的動詞分為三類：「一類動詞」、「二類動詞」和「三類動詞」。以「わかります」這個「一類動詞」為例，將「ます」前的音改為「ア段音＋ない」，即可變成「ない形」：「わからない」，從而與「～の？」銜接。至於「二類」只需去「ます」加「ない」、「三類」是不規則變化，僅只有兩個動詞「します」「来(き)ます」，「ない形」各為「しない」及「来(こ)ない」。

另外，「動詞ない形」可直接銜接「名詞」，成為一個修飾名詞。

延伸例句：

お前（まえ）が返事（へんじ）をくれないと、もう何（なに）も手（て）につかないよ！
如果你不回覆我，我真的無法專心於其他事！

お前（まえ）がいないと、この世界（せかい）には意味（いみ）がない。
如果你不存在，那這世界也沒有意義。

君（きみ）に会（あ）えない日々（ひび）が、こんなに苦（くる）しいなんて。
見不到你的日子竟然這麼痛苦。

お前（まえ）の気持（きも）ちがわからないことに、もう耐（た）えられない。
我再也受不了不懂你心意的關係。

俺（おれ）のこと以外（いがい）、考（かんが）えさせないから覚悟（かくご）して。
除了我，別想著別的，做好心理準備吧。

重點單詞：

返事（へんじ）：回應｜可加上「する」變成「三類動詞」，用於自身發出的招呼、問題，對方的反應中。而例句指的是話者對對方提問後的回音。

意味（いみ）：意思｜指行為的意義，或是如例句中，對於「事物內容」的意義。

耐える（たえる）：忍耐｜二類動詞，也可指「忍受」，表示身心對痛苦、困難的忍受。

考える（かんがえる）：思考、考慮｜二類動詞，「考える」（かんが）是經過理性、邏輯性的「思考」，不同於「思います」（おも），是一種直覺的感受，可翻譯成「想」。

覚悟する（かくご）：覺悟、決心｜指對事情，心裡要有準備。因此例句中用命令形要聽者「覚悟して」（かくご），表示請話者要有「不思考」的心理準備。

BLPT 測驗：
請從①～④選出適當的選項

1. お前がいないと耐えられない。そばにいてくれよ。

①たえられない　　②かえられない　　③なえられない　　④だえられない

2. お前のへんじ一つで、俺の一日が変わるんだ。

①返信　　　　　②回信　　　　　③回事　　　　　④返事

3. お前を思わずにはいられ（　　　）。

①らない　　　　②ない　　　　　③わない　　　　④こない

4. 俺から逃げられないぞ、覚悟しろ。
①俺のこと好きじゃなくてもいいけど、逃げるなよ。
②俺のこと、諦めないほうがいい。逃がさないからな。
③諦めてもいいけど、結局逃がさないよ。
④俺に興味なくても、どうせ逃げられないからな。

5. 君を離さない。＿＿★＿＿＿守ってみせる。

①手　　　　　　②の　　　　　　③俺　　　　　　④で

67

BLPT 解答與中譯

1	2	3	4	5
①	④	②	④	②

1. お前がいないと耐えられない。そばにいてくれよ。

    沒有你，我撐不下去。求你待在我身邊吧。

2. お前の返事一つで、俺の一日が変わるんだ。

    你的回覆可以改變我整天的心情。

3. お前を思わずにはいられない。

    我沒辦法不想你。

4. 俺から逃げられないぞ、覚悟しろ。

    你逃不出我的手掌心，做好心理準備吧。

    ① 俺のこと好きじゃなくてもいいけど、逃げるなよ。
      你可以不喜歡我，但別想逃。
    ② 俺のこと、諦めないほうがいい。逃がさないからな。
      你最好別想放棄我，因為我不會讓你逃掉的。
    ③ 諦めてもいいけど、結局逃がさないよ。
      你可以放棄，但你是逃不掉的。
    ④ 俺に興味なくても、どうせ逃げられないからな。
      就算你對我沒興趣，你還是逃不掉的。

5. 君を離さない。③俺②の①手④で守ってみせる。

    我不放開你。我用雙手保護你。正確順序為③②①④

文法 10

請求對方指示

俺はいつまで我慢すればいいの？

你到底要讓我忍到哪時候？

激情指數：★★★☆☆

運用時機：

允晨緊緊抱住タイガー老師，讓老師因不知所措而僵住，完全不敢動彈。允晨將自己緊貼在老師的背上，頭輕靠在老師的耳邊，放下所有的防備，帶著懇求的語氣低聲問道：「俺はいつまで我慢すればいいの？」他想知道，老師究竟還要讓他忍耐多久。如果能知道時間，也許他就不會感到如此不安與痛苦了。這個問題帶有明確的假設：「如果我知道要忍耐到什麼時候」，允晨請求老師為他解答，並期待一旦達成這個假設，便能從現狀中解脫。

文法 10

請求對方指示

俺はいつまで我慢すればいいの？

你到底要讓我忍到哪時候？

文法教學：

在之前篇章有提過條件表現有四個：「～と、～」「～なら、～」「～たら、～」「～ば、～」而這一個條件雖不是以「『假設A句』而產生『B句』」的組合表現，例如：「安ければ、買いたいです。」（便宜的話，會想買。）而是將假設條件「～ば」直接加上「いい」（好）表示「～的話就好」，最後加上「～ですか」或前篇說過對事情關心的詢問「～の？」則可變成詢問的口氣，意指詢問滿足怎麼樣的條件才能達成，進而解決目前現況。

條件表現「～ば」的變化方式為：「一類動詞」ます前變「エ段音＋ば」，例如「飲みます」變成「飲めば」、「二類動詞」去「ます」加「れば」、「三類動詞」因為是不規則變化，所以「します」直接改為「すれば」、「来ます」改為「来れば」。

另外，不搭配「～いい」的話，不管幾類動詞，都有可能銜接不同的條件形：「なら」等。

延伸例句：

お前の声を聞けば、どんな辛いことも忘れられる。
只要聽到你的聲音，任何辛苦的日子都能被忘記。

一緒にいれば、何も怖くない。
只要在一起，什麼都不可怕。

もう一度だけ会ってくれれば、何でもするよ。
如果你肯再見我一次，我什麼都願意做。

俺のところに来るなら、もう二度と離さない。
只要你來到我身邊，我絕不會再讓你離開。

お前が欲しければ、何もかも手に入れてやる。
只要你想要，我會把一切都搶過來給你。

重點單詞：

聞く：聽｜指耳朵的聽見，也有「詢問」的意思。這邊的例句指的是由耳朵產生物理性的「聽見」。

忘れる：忘記｜二類動詞。相反詞為「覚えます」。

怖い：害怕、恐怖｜イ形容詞。指對對自己有危害的東西感到危險、深陷不安全中。例句的否定形態概觀來說是指跟在身邊，就無所畏懼，感到「安全」。

会う：見面｜是單方面、或偶遇的見面。如果是「相遇、邂逅」，則用「出会う」。例句是指話者希望對方過來自己這邊再見面一次，因此用單方面的「会う」表達。

離す：放開、鬆開｜他動詞。指人為行動使其人、物離開。依照例句看來，隱含著聽者來到自己身邊時，會用各種方式讓聽者無法離開。

BLPT 測驗：
請從①〜④選出適當的選項

1. 君の手を離せば、きっと寂しくて眠れない。

①ほしせば　　②はらせば　　③ばなせば　　④はなせば

2. 君にあえば、どんな疲れも一瞬で吹き飛ぶ。

①和えば　　②合えば　　③会えば　　④遭えば

3. 俺が（　　　）、誰にも君を傷つけさせない。

①強ければ　　②強けば　　③強れば　　④強えば

4. 俺だけを見ていれば、他の誰にも目は向かない。

①お前が俺のそばにいれば、他の誰も近づかせない。
②君が俺だけを見つめていれば、他の誰にも目を奪わせない。
③お前が俺だけを愛していれば、他の誰も必要ない。
④君が俺だけを見ていてくれれば、どんな困難も乗り越えられる。

5. ★＿＿＿笑顔を毎日見られるようになるの？

①どう　　②すれば　　③の　　④君

BLPT 解答與中譯

1	2	3	4	5
④	③	①	②	①

1. 君の手を離せば、きっと寂しくて眠れない。
   如果放開你的手,我一定會因為寂寞而無法入睡。

2. 君にあえば、どんな疲れも一瞬で吹き飛ぶ。
   只要見到你,所有的疲憊都會瞬間消失。

3. 俺が強ければ、誰にも君を傷つけさせない。
   只要我夠強,就不會讓任何人傷害你。

4. 俺だけを見ていれば、他の誰にも目は向かない。
   只要你只看著我,我就不會讓你看向任何其他人。
   ① お前が俺のそばにいれば、他の誰も近づかせない。
      只要你在我身邊,我絕不會讓任何人靠近你。
   ② 君が俺だけを見つめていれば、他の誰にも目を奪わせない。
      只要你只看著我,我就不會讓你的目光被其他人搶走。
   ③ お前が俺だけを愛していれば、他の誰も必要ない。
      只要你愛著我,你就不會需要任何其他人。
   ④ 君が俺だけを見ていてくれれば、どんな困難も乗り越えられる。
      只要你一直看著我,無論多大的困難我都能克服。

5. ①どう②すれば④君③の笑顔を毎日見られるようになるの?
   要怎麼做才能每天看到你的笑容呢?正確順序為①②④③

文法 11

否定輕微命令

恥(は)ずかしいから、見(み)ないで！
很丟臉，不要看！

激情指數：★★★☆☆

運用時機：

タイガー老師終於忍耐不住，手摸上了允晨的腰，試圖推開他，並說：「生徒(せいと)との恋愛(れんあい)は無理(むり)です。」（我不能接受師生戀）。但就在那一瞬間，老師的手碰到了允晨腰間的一道大疤。當他轉頭看去，看到那彷彿被烈火燒過的舊傷痕時，驚訝得不由自主地發出聲音：「え？」。

允晨急忙低聲說：「恥(は)ずかしいから、見(み)ないで！」他用輕微的命令句形表現，因此語氣顯得輕柔而脆弱，帶著些許羞怯。如果此時他用了更強烈的禁止形：「見(み)るな！」（不准看！），那就會顯得驚恐且帶有防備。

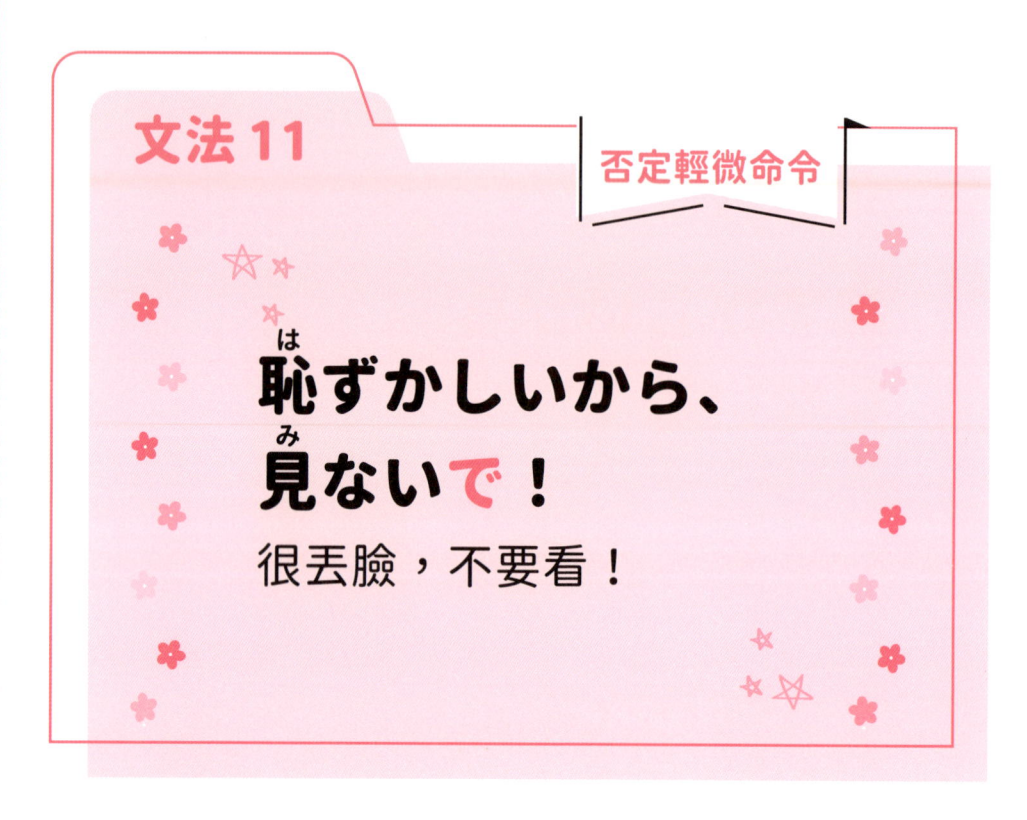

文法 11　否定輕微命令

恥(は)ずかしいから、見(み)ないで！
很丟臉，不要看！

文法教學：

肯定的「て形」加上「ください」，即「～てください」是輕微命令「他人」要做什麼事，相反地，「否定的て形」（需變為濁音的「で」）加上「ください」，則為輕微命令他人不可做什麼事，抑或是勸告他人勿做某事。在口語時，「ください」的部分會省略。

而動詞三類的「ない形」變法為：「一類動詞」的ます前改為「ア段音＋ない」，「二類動詞」去掉「ます＋ない」，「三類動詞」因不規則變化，則「します」為「しない」、「来(き)ます」為「来(こ)ない」。

延伸例句：

そんな風に見つめないで。
請不要這樣看著我。

近付きすぎないで、理性が持たないから。
請不要靠得太近，我快要無法控制自己了。

他の人と話さないで。君は俺だけのものだ。
不要跟其他人說話。你是屬於我一個人的。

悲しまないで。僕がいつもそばにいるから。
請不要難過。我會一直陪在你身邊。

そんなに遠くに行かないで。もっと一緒にいたいから。
請不要走得太遠。我想和你在一起更久。

重點單詞：

見^みつめる：凝視、注視｜與先前說到的「直盯盯地看」的「見^みる」不同之處為，漢字可寫為「見^み詰める」，而「詰^つめる」有「填滿」之意，因此比直盯盯著看，更帶多一些「情感層面」的看，且不離開視線。

近^{ちかづ}付く：靠近｜一類動詞。對某物或抽象的時間等移動、接近。例句則是指話者希望對方不要往自己這方具象的移動，表示按捺不住。

持^もつ：擁有、持有｜與先前的「取^とる」不同的是，「取^とる」具有伸手向某方向提取東西，而「持^もつ」是保持在身上的「持有」，例如「かばんを取^とる。」會呈現伸手去取包包的畫面，而「かばんを持^もっている。」則會是手上提著包包的畫面，也如同例句中的，是身上「持有的」狀態表現。

遠^{とお}く：遠處｜名詞、副詞。以名詞來說，就是具象的「遠方」，副詞來看，意思較抽象，指時間上間隔較大。例句中指的是具象的「遙遠地方」。

BLPT 測驗：
請從①～④選出適當的選項

1. どこへ行っても、絶対にお前を逃がさない。

①せったいに　　　②ぜっだいに　　　③ぜったいに　　　④ぜたいに

2. お前がとおくにいても、心はいつもお前のそばにいるよ。

①遠く　　　　　②方く　　　　　　③近く　　　　　　④長く

3. 心配（　　　）、お前だけを想っているから。

①さないで　　　②しないで　　　　③さないて　　　　④しないて

4. 離れないで、ずっと一緒にいたいから。
①僕を忘れないで、君の心にずっといたいから。
②目をそらさないで、君の瞳の中にいたいんだ。
③どこにも行かないで、君とずっといたいんだ。
④寂しくさせないで、君がいないと何もできないんだ。

5. 泣かないで、＿＿＿＿★＿＿＿＿見たいから。
①笑顔　　　　　②君　　　　　　　③の　　　　　　　④が

79

BLPT 解答與中譯

1	2	3	4	5
③	①	②	③	④

1. どこへ行っても、絶対にお前を逃がさない。
   無論你去哪裡,都絕不讓你逃走。

2. お前が遠くにいても、心はいつもお前のそばにいるよ。
   即使你在遙遠的地方,我的心永遠在你身邊。

3. 心配しないで、お前だけを想っているから。
   請不要擔心,我只想著你。

4. 離れないで、ずっと一緒にいたいから。
   請不要離開我,我只想一直和你在一起。
   ① 僕を忘れないで、君の心にずっといたいから。
      請不要忘記我,我只想永遠留在你心中。
   ② 目をそらさないで、君の瞳の中にいたいんだ。
      請不要移開視線,我想一直在你的眼中。
   ③ どこにも行かないで、君とずっといたいんだ。
      請不要去任何地方,我只想和你一直在一起。
   ④ 寂しくさせないで、君がいないと何もできないんだ。
      請不要讓我孤單,沒有你我什麼都做不了。

5. 泣かないで、②君③の①笑顔④が見たいから。
   請不要哭,我想看見你的笑容。正確順序為②③①④

文法 12

行爲的欲望

悲^{かな}しい目^めつき……慰^{なぐさ}めたい。
你的眼神好悲傷，我想安慰你。

激情指數：★★☆☆☆

運用時機：

タイガー老師轉過身，目光凝視著允晨，對他突然流露出的怯懦感到困惑。タイガー老師猜想，允晨可能經歷了某些讓他痛苦的往事吧……。一向溫柔的タイガー老師，在這一刻忘記了自己的處境，出於本能，輕聲對允晨說道：「悲^{かな}しい目^めつき……慰^{なぐさ}めたい。」他一邊說著，一邊努力試圖了解允晨到底經歷了什麼。

タイガー老師使用「～たい」表達出自己渴望某種行為的心情，因為是第一人稱的敘述，因此不需要使用「～たがっている」等表現來轉述他人願望。

文法 12

行為的欲望

悲(かな)しい目(め)つき……
慰(なぐさ)めたい。

你的眼神好悲傷，我想安慰你。

文法教學：

「～たい（です）」（想……）的概念與之前所述的「～ほしい」是相同的，只是先前的「～ほしい」是對「人、物」，也就是名詞的「希求」，而這裡的「～たい」是陳述自己想做某事，也就是動作、行為的欲望、希望。對第二人稱時，因為自己非對方本人，所以多是使用「～たいですか。」（想……嗎？）詢問對方的願望，而如同「～ほしい」的規則一樣，用於第三人稱時，則要用「～たがっている」「～たいと言(い)っている」「～たいと思(おも)っている」「～たいようだ」。

「～たい」因為是「想做某事」，因此前為「動詞去ます」型態，「～たい」的語尾活用同イ形容詞，例如：「行(い)きたい」（想去）如果需要變成否定，則為「行(い)きたくない」（不想去）。

延伸例句：

お前の笑顔をずっと見ていたい、だから何でもしてあげたい。
我想一直看著你的笑容，所以什麼都願意為你做。

お前を誰にも渡したくない。
我不想把你讓給任何人。

お前のすべてを守りたい、そして誰よりも幸せにしたい。
我想守護你的一切，並讓你比任何人都幸福。

お前を失いたくない、だからいつもそばにいたい。
我不想失去你，所以我想一直在你身邊。

お前に嘘はつきたくなかったが、傷つけたくなかった。
我本不想對你說謊，但也不想傷害你。

重點單詞：

笑顔（えがお）：笑臉｜名詞，也可以用「笑い顔」替代。而因為「笑」與「顏」的組合，「かお」要濁音化為「がお」。

渡す（わたす）：交予｜定義為從A手上交遞到B手上。依照例句來看，指的是不想將「整個人」交遞出去。

守る（まもる）：保護｜也是「守護」的意思，如同字面意義，將重要的事物防止被侵害。而另外還有「遵守」的含義，例如「ルールを守る。」（遵守規則。）

失う（うしなう）：失去｜一類動詞。身上所有的東西變成「沒有」的狀態。以例句來說，就是身邊的「對象」，已不在身邊的狀態。

嘘（うそ）：謊言｜名詞，加上「をつく」表達「說、撒」等動作，而名詞「嘘（うそ）つき」則是「騙子」之意。

BLPT 測驗：
請從①〜④選出適當的選項

1. お前を失いたくない、それが一番の恐怖だ。

　①しつない　　　②うわさい　　　③うしない　　　④うさない

2. お前のえがおをずっと見ていたい。

　①笑顔　　　　　②笑顔　　　　　③笑臉　　　　　④笑貌

3. 君の唇を離し（　　　）、永遠に感じていたい。

　①たい　　　　　②たくなかった　③たかった　　　④たくない

4. 君の隣に誰も座らせたくない、俺だけの特等席だから。

　①お前を手に入れたい、君のそばには俺だけでいい。
　②お前の隣は誰も座っていないから、俺が座るよ。
　③俺はいつもお前の隣に座っているよ。
　④お前はいつも一人だから、隣の席は俺のものだよ。

5. 君＿＿＿★＿＿ことが増えていった。

　①と　　　　　　②と思う　　　　③一緒に　　　　④いたい

BLPT 解答與中譯

1	2	3	4	5
③	②	④	①	④

1. お前を失いたくない、それが一番の恐怖だ。

    我不想失去你,這是我最大的恐懼。

2. お前の笑顔をずっと見ていたい。

    我想一直看著你的笑容。

3. 君の唇を離したくない、永遠に感じていたい。

    我不想離開你的雙唇,想永遠感受它的溫柔。

4. 君の隣に誰も座らせたくない、俺だけの特等席だから。

    我不想讓任何人坐在你旁邊,因為那是我專屬的特等席。

    ① お前を手に入れたい、君のそばには俺だけでいい。

    　　我想擁有你,所以你的身邊只有我就夠了。

    ② お前の隣は誰も座っていないから、俺が座るよ。

    　　你的隔壁沒有人坐,所以由我坐。

    ③ 俺はいつもお前の隣に座っているよ。

    　　我一直都會坐在你旁邊。

    ④ お前はいつも一人だから、隣の席は俺のものだよ。

    　　你一直都是一個人,所以旁邊那個位子是我的。

5. 君①と③一緒に④いたい②と思うことが増えていった。

    我想和你在一起的時間越來越多了。正確順序為①③④②

文法 13

強烈命令

お願いだ、そばにいてくれ！
拜託，待在我身邊！

激情指數：★★★★☆

運用時機：

在タイガー老師的安撫下，允晨終於敞開心扉，說出了自己的過去，而也正是這段過去，讓允晨不知不覺地愛上了他。

從小，允晨便一直被父母忽視。年幼的他，即使身體不適，也只能獨自面對與處理。有一次，當他的皮膚感到不適時，母親只是隨意地交代一句：「去拿藥箱裡的藥膏貼上。」然而，年幼的允晨並不清楚自己細嫩的皮膚，貼上藥膏後撕開，竟會留下如此可怕的傷痕。

正因為這種從小的忽視，對於每個人需求都格外敏感與關心的溫柔タイガー老師，深深地吸引住了允晨。此刻，他再次緊緊抱住老師，帶著強烈的情感命令道：「お願いだ、そばにいてくれ！」

文法 13　　　　　　　　　強烈命令

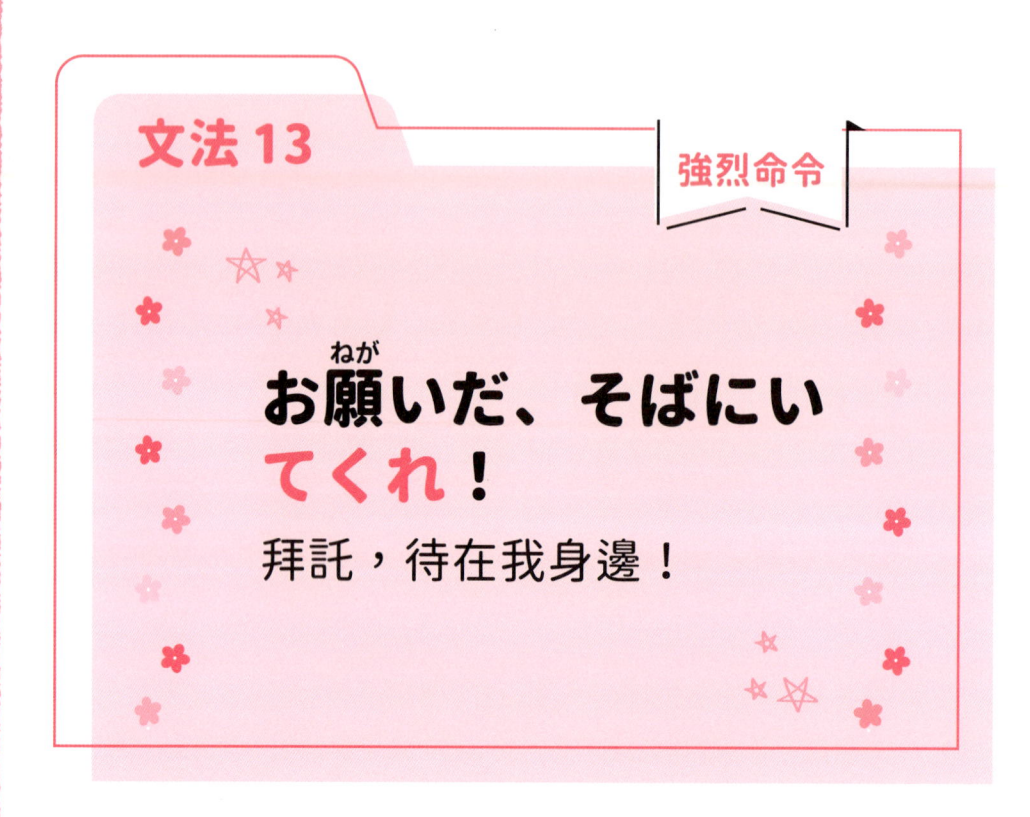

お願いだ、そばにいてくれ！
拜託，待在我身邊！

文法教學：

「〜てくれ」是一種強烈的命令用法，前面的動詞可用「肯定的て形」或是「否定的て形」使用，而隨不同的使用方式，意思也會不同。

雖然強烈的命令可以用「給我……」翻譯，但因不同語言無法百分之百互相對譯，因此建議不要使用，否則，「〜てくれないか？」變成輕微命令時，翻譯出來則無法正確表達命令口氣的強弱，例如：「先生に伝えてくれないか。」（能幫我傳達給老師嗎？）如果翻譯依舊使用「給我……」則中文表達出來的強度就會錯誤。

延伸例句：

俺のことだけ見てくれ！他の誰も見るな！
只看著我！別看任何其他人！

お前のすべてを俺に預けてくれ！俺が守ってやる。
把你的一切交給我！我會守護你。

ずっと俺の隣にいてくれ！離れられなくするから。
永遠留在我身邊！我會讓你離不開。

俺のこと、もっと信じてくれないか？
能不能多相信我一點？

こんな俺でも、愛してくれないか？
就算是這樣的我，你也能愛我嗎？

重點單詞：

<ruby>預<rt>あず</rt></ruby>ける：存放、託管｜他動詞，是二類動詞。在例句中，表示話者要有所行動，將對方的所有（具體、抽象）都保管在自己身邊。

<ruby>隣<rt>となり</rt></ruby>：旁邊｜與之前所說的「側」一樣，「そば」是一定範圍內的身邊，而「<ruby>隣<rt>となり</rt></ruby>」是緊鄰、緊挨著的概念，所以以例句來說，比起「<ruby>側<rt>そば</rt></ruby>」，欲望更是強烈而親密。另外也有類似的身旁表現：「<ruby>横<rt>よこ</rt></ruby>」。

<ruby>離<rt>はな</rt></ruby>れる：離開｜自動詞，是二類動詞。與他動詞「<ruby>離<rt>はな</rt></ruby>す」不一樣的是，是主體自行從這方移動到另一方去，遠離原本的地方。而例句中雖用自動詞的「<ruby>離<rt>はな</rt></ruby>れる」，但因為將否定的「ない」變成「なく＋する」，因此變成動作主人為的變化，也就是將對方用某些方式，讓其離不開。

こんな：這樣的｜ナ形容詞。表示程度和狀態就如此一般。因此在例句中，加上「<ruby>俺<rt>おれ</rt></ruby>」，有「輕視自己」的語感。

BLPT 測驗：
請從①～④選出適當的選項

1. お前の心を俺に預けてくれ、絶対に離さないから。

   ①うつけて　　　②あづけて　　　③あつけて　　　④あずけて

2. 俺のとなりに来てくれないか？

   ①側　　　　　　②鄰　　　　　　③隣　　　　　　④傍

3. 俺のものになってくれと（　　　）、逃げられないだろう？

   ①言えたら　　　②言われたら　　③言いたい　　　④言う

4. 俺だけを愛してくれ、他の誰も見るな。
   ①俺のそばにいてくれ、離れることは許さない。
   ②もう少しだけ、俺のそばにいてくれない？
   ③俺の前から消えてくれ！二度と近づくな！
   ④もう俺の前に来ないでくれないか、疲れたんだ。

5. もう＿＿＿＿＿★信じてくれないか？

   ①一度　　　　　②だけ　　　　　③俺　　　　　　④を

BLPT 解答與中譯

1	2	3	4	5
④	③	②	①	④

1. お前の心を俺に預けてくれ、絶対に離さないから。
   把你的心交給我,我絕對不會放手。

2. 俺の隣に来てくれないか？
   能不能來到我身邊？

3. 俺のものになってくれと言われたら、逃げられないだろう？
   「成為我的人吧」這樣說了,你就逃不掉了吧?

4. 俺だけを愛してくれ、他の誰も見るな。
   只愛我,不要看任何其他人。

   ① 俺のそばにいてくれ、離れることは許さない。
      待在我身邊,不允許你離開。
   ② もう少しだけ、俺のそばにいてくれない？
      能不能再多待在我身邊一會兒?
   ③ 俺の前から消えてくれ！二度と近づくな！
      從我面前消失!別再靠近我!
   ④ もう俺の前に来ないでくれないか、疲れたんだ。
      能不能別再來找我了,我累了。

5. もう①一度②だけ③俺④を信じてくれないか？
   能不能再相信我一次?正確順序為①②③④

文法 14

形容詞變化

君の心が傷ついて、僕は心が痛くなる。

你的心受傷了，我好心疼。

激情指數：★★★☆☆

運用時機：

被允晨緊緊抱著的タイガー老師，輕輕撫著他的背，柔聲說道：「辛かったよね。」（很辛苦吧。）接著，他從允晨的懷抱中緩緩退開，繼續說道：「君の心が傷ついて、僕は心が痛くなる。」在安慰允晨的同時，タイガー老師的內心也因為了解允晨的過去而產生了「變化」，感到深深的痛苦與難受。

然而，他的眼神突然變得暗淡，嘴唇微微抿緊，低聲說道：「でも、本当に無理だ。生徒と……。わからない！本当にわからないんだ！」（但是真的不行，我不能和學生……我不知道！我真的不知道！）說完後，老師雙手抱著頭，像是要忍不住哭出來。

文法 14

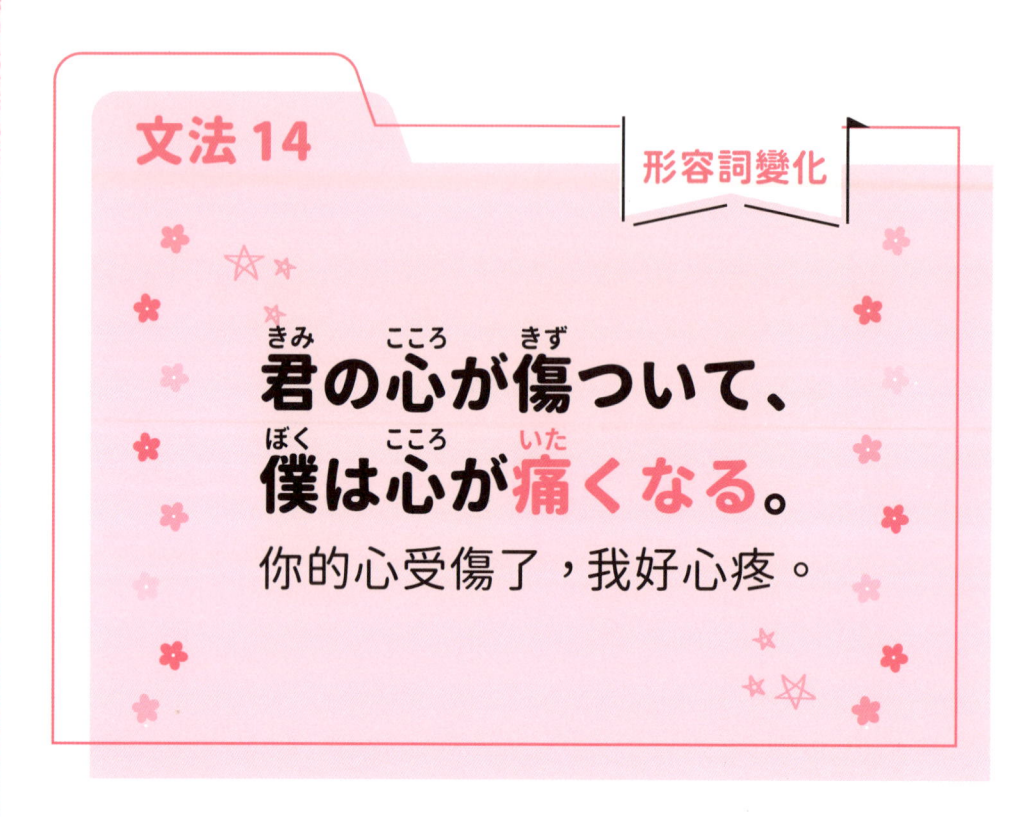

形容詞變化

君の心が傷ついて、
僕は心が痛くなる。
你的心受傷了,我好心疼。

文法教學:

在前文中提到了兩種形容詞:「イ形容詞」和「ナ形容詞」。「イ形容詞」的特徵是結尾皆有「い」,例如「かわいい」。然而,「きれい」「ゆうめい」「嫌い」雖然表面上看起來像「イ形容詞」,但它們是例外,被歸類為「ナ形容詞」。至於如何區分這兩者,只要不是「イ形容詞」,那基本上就屬於「ナ形容詞」。

本篇要討論的是形容詞的「變化」。根據規則,「イ形容詞」去掉「い」,再加上「くなる」來表示變化,例如:「かわいくなる」(變可愛)。而「ナ形容詞」則是直接加上「になる」,例如:「きれいになる」(變漂亮),用來表示特質或性質的變化。

延伸例句：

お前のことが好きすぎて、もう他の誰も好きになれない。
我太愛你了，已經無法再愛上任何其他人。

お前を離したくなくて、毎日苦しくなるんだ。
變得不想放開你後，每天都變得痛苦。

お前がいないあの時、寂しくて、胸が締めつけられた。辛くなった。
你不在的那個時候好寂寞，胸口像被揪住一樣。變得好痛苦。

お前のことを考えるだけで、胸が熱くなるんだ。
只要一想到你，我的心就開始燃燒。

お前のすべてが完璧で、俺はますます夢中になる。
你的一切都如此完美，讓我越來越無法自拔。

重點單詞：

苦（くる）しい：痛苦｜イ形容詞，動詞型態為「苦（くる）しむ」，與「悲（かな）しい」型態一樣，動詞型態是「悲（かな）しむ」。

寂（さび）しい：寂寞｜イ形容詞。表示孤單，或是形容空間的冷清、空蕩感時使用，日本人在離別之時，也會使用這個詞彙，表示不捨。

完璧（かんぺき）：完美｜ナ形容詞。表示完全沒有缺點，在例句中，表示話者對聽者十分滿意，覺得毫無瑕疵，非常熱愛。

夢中（むちゅう）：著迷｜在一個事情中熱衷得忘我，例如：「ゲームに夢中（むちゅう）になる。」（沉迷於遊戲。），也可以用於如例句中，表示「著迷」。

BLPT 測驗：
請從①～④選出適當的選項

1. お前を手に入れた瞬間、俺の世界は完璧になった。
   ①かんぺき　　②かんべき　　③わんへい　　④わんべき

2. お前に会えない日々が続くと、心がくるしくなる。
   ①苦しく　　②悲しく　　③寂しく　　④辛しく

3. 君を想うと苦し（　　　）けど、絶対に手放さない。
   ①い　　②くなる　　③になる　　④む

4. お前がいないと寂しくて辛いし、狂おしいほど君が欲しい。
   ①お前がいないと、俺はすごく怒ってしまう。
   ②お前がそばにいるからこそ、俺は君に触れられるんだ。
   ③君がそばにいると、俺は落ち着くんだ。
   ④お前がそばにいないと苦しくて、触れたい気持ちが抑えられない。

5. 君といると、俺はどんどん＿＿＿★＿＿気づくんだ。
   ①なる　　②自分　　③優しく　　④に

BLPT 解答與中譯

1	2	3	4	5
①	①	②	④	②

1. お前を手に入れた瞬間、俺の世界は完璧になった。
   當我擁有你的那一刻，我的世界變得完美無缺。

2. お前に会えない日々が続くと、心が苦しくなる。
   無法見到你的日子一天天過去，內心變得越來越痛苦。

3. 君を想うと苦しくなるけど、絶対に手放さない。
   想著你讓我痛苦，但我絕對不會放手。

4. お前がいないと寂しくて辛いし、狂おしいほど君が欲しい。
   沒有你，我既孤寂又痛苦，瘋狂地渴望擁有你。
   ① お前がいないと、俺はすごく怒ってしまう。
      你不在，我就會很生氣。
   ② お前がそばにいるからこそ、俺は君に触れられるんだ。
      你在身邊的話，我才能碰到你。
   ③ 君がそばにいると、俺は落ち着くんだ。
      你在身邊，我就會感到平靜。
   ④ お前がそばにいないと苦しくて、触れたい気持ちが抑えられない。
      你不在我身邊時，我痛苦萬分，無法壓抑想觸碰你的渴望。

5. 君といると、俺はどんどん③優しく①なる②自分④に気づくんだ。
   和你在一起，我發現自己變得越來越溫柔。正確順序為③①②④

文法 15

存在

あなたのそばにいる資格がない。
我沒資格在你身邊。

激情指數：★★★☆☆

運用時機：

タイガー老師雙手摀住臉，深深吸了一口氣，隨後又長長地嘆息。他告訴允晨，若是師生戀，自己的生活恐怕會變得一團糟，因為他不知道該如何與一個年輕的戀人相處。特別是允晨還有著悲傷的過去，這是他在成長過程中從未面對過的經歷，讓他感到非常害怕，擔心自己會無意間傷害到允晨。

老師慢慢起身，離開床邊，背對著允晨，低聲道：「あなたのそばにいる資格がない。ごめん。」這句話中的「在你的身邊的資格」是由動詞連體形構成的，將動詞變為原形，並直接接上名詞來修飾，因此「そばにいる＋資格」可以翻譯為「在你身邊『的』資格」。

文法 15

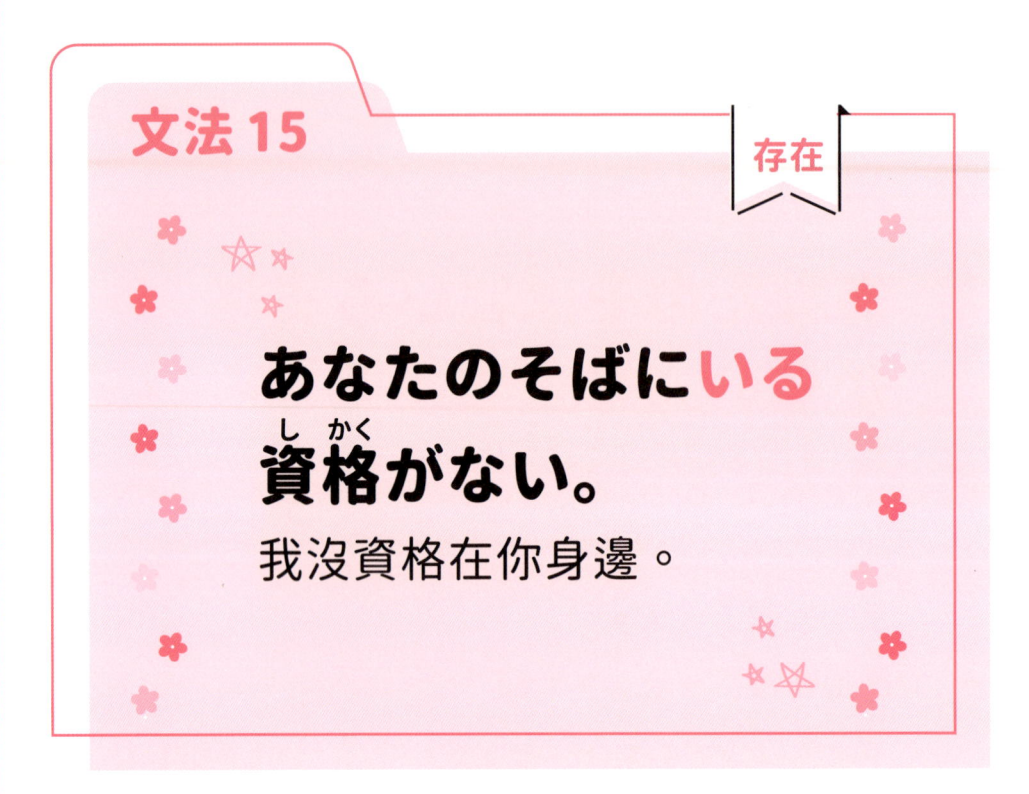

存在

あなたのそばにいる資格(しかく)がない。

我沒資格在你身邊。

文法教學：

「いる」是表示存在的動詞，使用於存在句中。存在句最經典的句型有兩個，分別是「（地點）に（生物、會移動的生命體）がいる。」例如：「椅子(いす)の下(した)に猫(ねこ)がいる。」（椅子下有貓），而另一個句型則是：「（生物、會移動的生命體）は（地點）にいる。」例如：「猫(ねこ)は椅子(いす)の下(した)にいる。」（貓在椅子下），所以從此可知，「に」這個助詞，有「存在的場所」之意涵，前面永遠搭配「地點」的詞彙，因此造句時，可以以這個重點為基準造句。

另外，存在句也有非生命的人、物表現，此時的「いる」改成「ある」即可，例如：「椅子(いす)の下(した)に漫画(まんが)がある。」（椅子下有漫畫）。

延伸例句：

お前のそばにいるのは俺だけでいい。
在你身邊的，只需要有我。

お前の笑顔はいつも俺の中にある。
你的笑容總是存在於我的心中。

お前の横にいる俺以外、誰も近づかせない。
除了站在你身邊的我，不會讓任何人靠近。

俺の心の中にある家は、お前だけが帰れる場所だ。
我心中的家，只有你能回來。

お前が俺の腕の中にいてくれないなら、どこにも行かせない。
如果你不在我懷裡，我哪都不讓你去。

重點單詞：

> 家(うち)：家｜標音也可以為「いえ」，「うち」概念指的是「有人入住的」家庭，而「いえ」偏向「建築物」的概念。

> 帰(かえ)る：回（家）｜移動動詞，通常搭配「家(うち)」、「国(くに)」。另外常見的移動動詞也有「行(い)く」、「来(く)る」。

> 場所(ばしょ)：場所｜名詞。說法較艱澀，口語時較常用「所(ところ)」。

> 腕(うで)：胳膊、雙臂｜也可翻譯為「手腕」，但因為各個翻譯差距許多，所以需要依照前後文及場景，推敲出該單字為哪一個身體部位。例句中就屬雙臂，而因雙臂緊抱的空間為「懷裡」，因此翻譯潤飾為「懷裡」。

BLPT 測驗：
請從①～④選出適當的選項

---

1. 今すぐ俺の元に帰ってきてくれ、もう我慢できない。

    ①かって　　　　②きえって　　　　③かえって　　　　④きって

2. お前と二人だけのばしょが欲しい、誰にも邪魔させない。

    ①場所　　　　　②家　　　　　　　③空間　　　　　　④部屋

3. お前が俺の横に（　　　）なんて、絶対に許さない。

    ①ない　　　　　②いない　　　　　③ある　　　　　　④あらない

4. お前が俺のそばにいてくれる、それだけで世界が変わるんだ。
    ①お前が俺のそばにいる時、愛されていると感じる。
    ②お前がいないと、まるで夜が訪れたようだ。
    ③お前の姿はセクシーで、まるで輝いているようだ。
    ④お前が俺の人生に存在してくれるだけで、全てが輝いて見える。

5. お前が俺の ＿＿ ★ ＿＿ ＿＿で、理性が崩れそうだ。

    ①だけ　　　　　②隣　　　　　　　③に　　　　　　　④いる

103

BLPT 解答與中譯

1	2	3	4	5
③	①	②	④	③

1. 今すぐ俺の元に帰ってきてくれ、もう我慢できない。
   立刻回到我身邊吧，我已經無法忍耐了。

2. お前と二人だけの場所が欲しい、誰にも邪魔させない。
   我想要一個只屬於我們的地方，誰也不能打擾。

3. お前が俺の横にいないなんて、絶対に許さない。
   我絕對無法容忍你不在我身邊的夜晚。

4. お前が俺のそばにいてくれる、それだけで世界が変わるんだ。
   你只要待在我身邊，整個世界就會改變。
   ① お前が俺のそばにいる時、愛されていると感じる。
      你在我身邊時，我感到被愛。
   ② お前がいないと、まるで夜が訪れたようだ。
      你不在，就像夜晚到來一樣。
   ③ お前の姿はセクシーで、まるで輝いているようだ。
      你的樣貌性感到閃閃發光。
   ④ お前が俺の人生に存在してくれるだけで、全てが輝いて見える。
      只要你存在於我的人生中，一切都變得閃耀。

5. お前が俺の②隣③に④いる①だけで、理性が崩れそうだ。
   只要你在我身邊，我的理性就快崩潰了。正確順序為②③④①

文法 16

修飾名詞

こんな私(わたし)にあなたを好(す)きになる資格(しかく)はない。
像我這種人沒資格愛你。

激情指數：★★☆☆☆

運用時機：

允晨已經有一段時間沒來上課了。タイガー老師在擔心之餘，也變得更加自卑，覺得允晨是因為自己受傷才避而不見，另外，自己對照顧他的事感到手足無措。老師深感自己不配擁有愛他的資格，認為若真心相愛，每天都應該是快樂的……。

就在這時，補習班門口出現了熟悉的車影和身影！允晨一如往常嘻嘻笑著遞出安全帽，爽快地說：「先生(せんせい)、乗(の)れ！」老師站在他面前，低著頭，淚如雨落下，喃喃地說：「こんな私(わたし)にあなたを好(す)きになる資格(しかく)がない。」隨即崩潰大哭……。

文法 16

修飾名詞

こんな私(わたし)にあなたを好(す)きになる資格(しかく)はない。

像我這種人沒資格愛你。

文法教學：

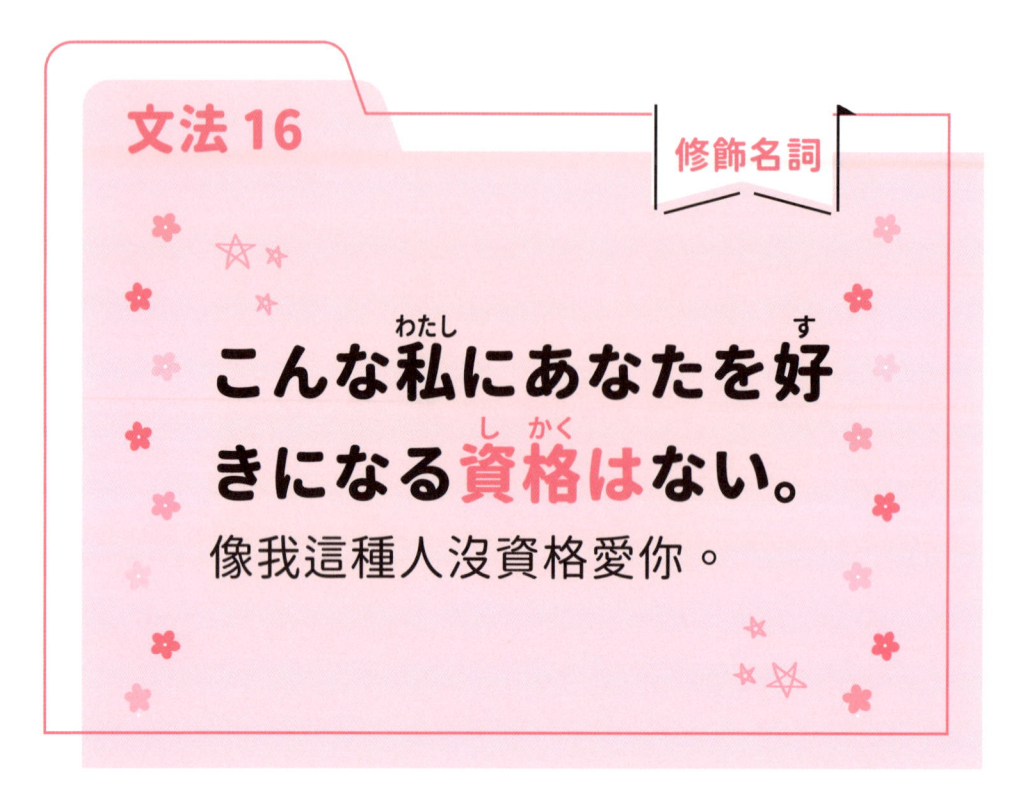

日語中四大詞性修飾名詞的方式為：「イい / ナな /N の /動詞普通形+名詞」，而翻譯出來的結果，就如同中文常說的「～的～」，當然，在不同句子表現中，不一定要將「的」如實翻譯出來。

前篇提過形容詞變化，也在文法 15 提過「連體形」，因此不再次說明，而將重點放在「動詞」要成為「連體形」，也就是「普通形」，該如何變化，進而能連接名詞，變成動詞修飾名詞。

普通形有四個時態，分別為「現在肯定」：原形；「過去肯定」：た形；「現在否定」：ない形；「過去否定」：なかった形。以上的型態直接加上名詞，則是連體形，也就是「～的～」。直接接上名詞，便可成為修飾名詞。

延伸例句：

お前がくれる優しさは、俺の心を癒す光だ。
你給予的溫柔，是治癒我心靈的光芒。

お前と過ごす時間は、まるで永遠に続く夢のようだ。
和你共度的時光，宛如永遠延續的夢境。

お前の声を聞くたびに、胸を締め付けるような想いが溢れてくる。
每次聽到你的聲音，揪心的思念就湧上心頭。

お前が笑うたび、ドキドキする。
每當你笑時，心中就湧現讓人心跳加速的感覺。

お前に触れた瞬間、時が止まったような気がした。
觸碰你的瞬間，我感覺時間彷彿停止了。

重點單詞：

優(やさ)しい：溫柔｜「優しい」是形容詞，如果去「い＋さ」成為「優(やさ)しさ」時，便成為一個程度表現，從表示評價的形容詞表現，變成表示該評價的程度高低的表現。

癒(いや)す：療癒、治療｜直譯是「治療」，但也指心靈層面治療的「療癒」。

時間(じかん)：時間｜名詞，後可接不同助詞及動詞，使其增加許多多元的意思。例如：「時間(じかん)をつぶす。」（消磨時間）。

続(つづ)く：持續｜自動詞，表示該事物自行持續進行，如果是「他動詞」，則是「続(つづ)ける」，由人為所行動，使事務持續進行。例句中因為是夢境自行延續，所以使用「自動詞」表現。

度(たび)に：每次｜「度(たび)」是名詞，「次數」之意，加上「に」則可成為機能語，表示一種「每當A發生，就會重複發生B」的例行行為。

BLPT 測驗：
請從①～④選出適當的選項

1. お前と話す時間は、いつも夢のように感じられる。
① じかん　　　② しかん　　　③ じがん　　　④ しがん

2. お前が俺をえらんだら、お前のすべてを手に入れる。
① 選　　　　② 選　　　　③ 选　　　　④ 挑

3. お前の名前を（　　　）たびに、心が満たされる。
① 呼ぶ　　　② 呼ばない　　　③ 呼んだ　　　④ 呼ばなかった

4. お前と過ごした時間が、忘れられない思い出だ。
① お前はとても特別で、お前に会った瞬間、深く心に残ったよ。
② お前と会ったすべての瞬間を、俺は忘れていないよ。
③ お前と過ごす時間は、いつも素晴らしい思い出だ。
④ 俺は意図的に、お前と過ごした時間を心に刻むよ。

5. 君を ＿＿ ＿＿ ＿＿ ★、全てが僕のものになったんだ。
① 瞬間　　　② に　　　　③ 手　　　　④ 入れた

109

BLPT 解答與中譯

1	2	3	4	5
①	②	①	②	①

1. お前と話す時間は、いつも夢のように感じられる。
和你交談的時光，總是讓我感覺像夢一樣。

2. お前が俺を選んだら、お前のすべてを手に入れる。
如果你選擇了我，那我將擁有你的全部。

3. お前の名前を呼ぶたびに、心が満たされる。
每次呼喚你的名字，心中就充滿了幸福感。

4. お前と過ごした時間が、忘れられない思い出だ。
每和你共度的時光，成為了無法忘懷的回憶。

① お前はとても特別で、お前に会った瞬間、深く心に残ったよ。
　你非常特別，見到你的瞬間就深深刻在了我心裡。
② お前と会ったすべての瞬間を、俺は忘れていないよ。
　我沒有忘記和你在一起的每一個瞬間。
③ お前と過ごす時間は、いつも素晴らしい思い出だ。
　每次和你度過的時光都是美好的回憶。
④ 俺は意図的に、お前と過ごした時間を心に刻むよ。
　我都會刻意記得我們共度的時光。

5. 君を③手②に④入れた①瞬間、全てが僕のものになったんだ。
當我擁有你的瞬間，一切都成了我的。正確順序為③②④①

文法 17

終助詞

しっ……見(み)つかるよ。
嘘……會被發現的喔。

激情指數：★★★☆☆

運用時機：

タイガー老師上了允晨的車，允晨依舊一語不發，騎著車穿梭於大街小巷。老師的眼淚慢慢地乾了，心中不禁開始疑惑——允晨究竟要帶自己去哪裡？

台灣的夜晚總是那麼璀璨迷人，霓虹燈在街頭閃閃發亮。允晨忽然拉著老師，帶他逛起了夜市，一邊走一邊買了各種美食給老師吃。然而，整個過程中，允晨卻始終保持沉默，沒有與老師多說一句話。老師只能半推半就地跟著允晨，兩人默默地在夜市裡繞了一圈。

直到走到一個偏僻的巷口，允晨猛然將老師一把拉進巷內，將他抵在牆上，這突如其來的動作讓老師大吃一驚。就在此刻，允晨壓低聲音，輕輕地說道：「しっ……見(み)つかるよ。」然後露出一絲帶著惡趣味的笑容。

文法 17　　　　　　　　**終助詞**

しっ……見(み)つかるよ。
嘘……會被發現的喔。

文法教學：

「よ」是終助詞之一，放在句末用來改變語氣，表達發話者的態度，誤用時可能導致溝通誤會。終助詞有多種含義，在這個例子中，「よ」用於喚起對方注意，告知對方不知或未意識到的事情。會話中，「よ」通常以上升調發音，若以下降調發音則用於更正錯誤，例如：「違(ちが)うよ。↓明日(あした)は休(やす)みだよ。↓」常見的終助詞還有「ね」，功能在於「喚起」：「ね、聞(き)こえる？」（喂，有聽到嗎？）或「叮囑」：「忘(わす)れないでね。」（不要忘記喔）。需要注意的是，終助詞通常無法精確對譯成特定的中文。

延伸例句：

俺は上にいて、お前の表情をずっと見ていたいんだよ。
我想在上面，一直看著你的表情。

高校の時からずっと君のことが好きだったんだよ。
我在高中時就一直喜歡你了。

動かないで、痛いよ。
不要動，會痛喔。

昨夜、ずっと俺の名前を呼んでいたよ。
你昨晚一直喊著我的名字喔。

違うよ！悲しませたのはあなただよ！
不對！讓我傷心的是你！

重點單詞：

表情（ひょうじょう）：表情｜該名詞與「顏（かお）」不同，專指「帶有情感的臉部表情」，如「笑顏（えがお）」（笑臉）、「泣（な）き顏（がお）」（哭臉）等。此外，不同屬性的攻角色對受的表情各有偏好。

動（うご）く：動、行動｜自動詞，表示人事物本身自行的行動，例句中則是指該生命體自己的行動，而非他人（例如攻）人為使其作出行動。

昨夜（ゆうべ）：昨晚｜名詞，另外也可用「昨夜（さくや）」替代，只是表現較艱澀。

名前（なまえ）：名字｜可以指全名或名字，若單指「姓氏」，則稱為「苗字（みょうじ）/名字（みょうじ）」。通常在日本，彼此稱呼名字意味著關係親密，因此當攻與受以姓氏互稱時，需依故事情節判定彼此的關係。有時即便在某個場景打得火熱，仍可能使用姓氏稱呼，因此需回歸故事的脈絡來判斷。

呼（よ）ぶ：呼喚｜不僅可以用來稱呼人或動物的名字，還能用於像「タクシーを呼（よ）ぶ」（叫計程車）這樣的表達。

違（ちが）う：不對｜該詞既可表示反駁，也可以解釋為「不一樣」，需依據前後文來推測其含義。

BLPT 測驗：
請從①～④選出適當的選項

1. お前の表情、すごくエロいよ。
   ①びょうちょう　②ひゅちょう　③ひょじょ　④ひょうじょう

2. 俺の耳元で、なまえを呼んで。
   ①名字　②名前　③苗字　④姓名

3. ねぇ、今俺のベッドにいることを意識して（　　　）。
   ①だね　②ね　③だよ　④よ

4. ずっとお前の寝顔を見ていたよ。
   ①お前の写真、とても上手に撮れているね。
   ②お前、寝坊しちゃったね。
   ③昨夜、お前は俺のそばで寝ていた。
   ④お前の方が俺より先に寝ちゃったんだね。

5. 君のことは俺★ ＿＿ ＿＿。
   ①が　②よ　③守る　④全部

BLPT 解答與中譯

1	2	3	4	5
④	②	②	④	①

1. お前の表情、すごくエロいよ。

    你的表情好性感。

2. 俺の耳元で、名前を呼んで。

    在我耳邊叫我名字。

3. ねぇ、今俺のベッドにいることを意識してね。

    喂,你要意識到,現在在我床上喔。

4. ずっとお前の寝顔を見ていたよ。

    昨晚我一直看著你的睡臉喔。

    ① お前の写真、とても上手に撮れているね。

    你的照片拍得很好。

    ② お前、寝坊しちゃったね。

    你睡過頭了。

    ③ 昨夜、お前は俺のそばで寝ていた。

    昨晚你睡在我身邊。

    ④ お前の方が俺より先に寝ちゃったんだね。

    你比我早睡著。

5. 君のことは俺①が④全部③守る②よ。

    我會守護你的一切喔。正確順序為①④③②

文法 18　格助詞：眼前的現象

彼の唇が熱い。もう無理だ。
（かれ）（くちびる）（あつ）（むり）

他的嘴好熱烈，我不行了。

激情指數：★★★★☆

運用時機：

允晨緩緩將臉靠近タイガー老師，雙唇輕柔地碰了一下他的唇，隨後深情地凝視著他，微微一笑。老師瞬間愣住，臉頰迅速泛紅，完全不知所措。允晨輕聲說道：「先生（せんせい）、俺（おれ）のことを思（おも）ってくれてる？」（老師，你想我嗎？）說完便用大拇指輕撫老師的下唇，隨即毫不猶豫地深深吻了上去……。

タイガー老師深深感受到那濃烈的愛意，雙唇如火般炙熱。在欲拒還迎的矛盾間，他終究還是接受了那個吻，任由甜蜜的情感浸染……。

文法 18

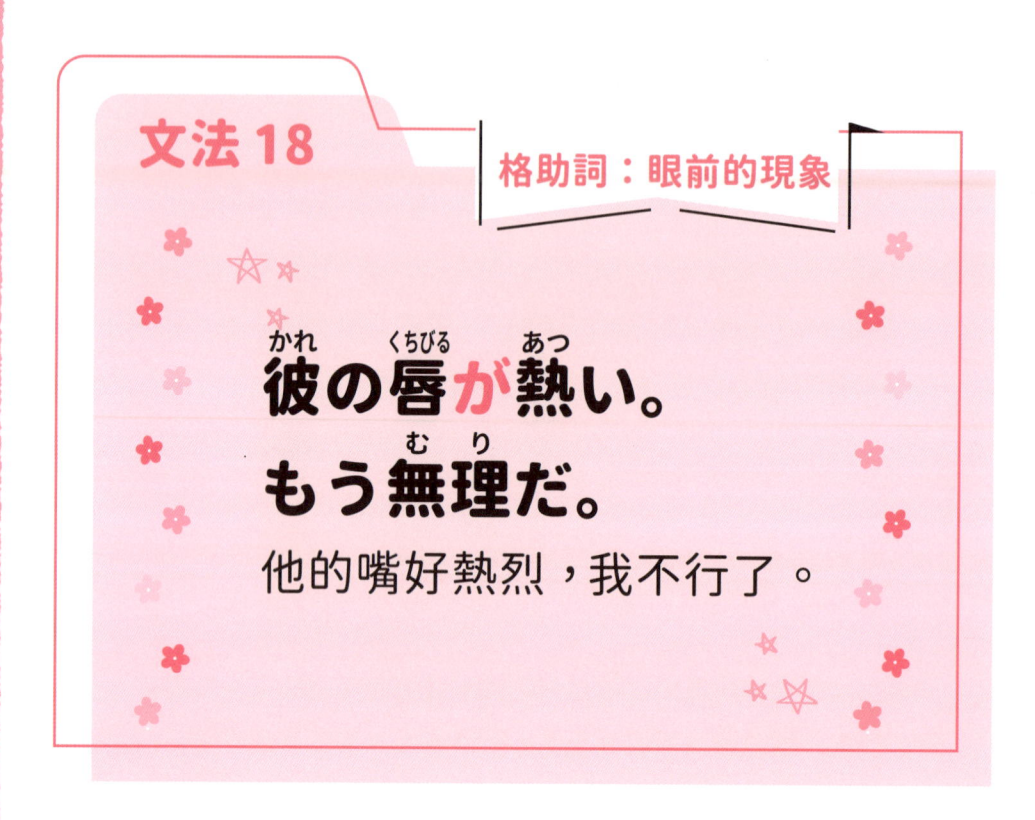

格助詞：眼前的現象

彼の唇が熱い。
もう無理だ。
他的嘴好熱烈，我不行了。

文法教學：

這個例句中的「が」屬於「格助詞」的一種。每種助詞都有各自的意義，有時還有多種用法，如之前提到的終助詞，一字多義。在這裡，「が」其中用來表示現象的主語，表達說話者對於當下發現或感受到的現象，進而產生的感動或驚訝等情緒。例如：「お腹が痛い。」（肚子好痛）或「桜がきれいだ。」（櫻花很美）。因此，タイガー老師透過這個助詞，傳達出他感受到允晨雙唇的炙熱情感，所以在這裡使用了「が」。

延伸例句：

布団が薄くて、寒い。
棉被好薄，好冷。

空が暗くなったから、ここに泊まっていって。
天黑了，留下來過夜吧。

ベッドがとても柔らかくて、昨夜は本当に心地よかった。
床好柔軟，昨晚真舒服。

筋肉がとても硬くて、色っぽい。
你肌肉好硬，好性感。

あなたの声がとても低くてセクシーで、聞くたびにドキッとする。
你的聲音低沉而性感，每次聽到都讓我心顫不已。

重點單詞：

布団（ふとん）：棉被｜「蓋棉被」則是「布団をかける。」

暗い（くらい）：暗｜可以指天色的黑暗，或是性格的陰沉，所以在BL的劇情裡，需要依照故事前後脈絡，才能判定是指天色或是性格。

泊まる（とまる）：住｜自動詞，他動詞是「泊める（とめる）」，指的是短暫的居住，通常用於飯店住宿，或是朋友家留宿。而在此使用自動詞的暫住，指的是對方自行留下，並非話者以人為行動將人留下。

柔らかい（やわらかい）：柔軟｜可以指物體的柔軟，或是氣溫、味道、態度的柔和。

心地（ここち）：感受｜常用於心情上的感受，不過也會使用在物品使人感受舒服的表現中。

BLPT 測驗：
請從①～④選出適當的選項

1. お前の唇がとても柔らかくて、心地いい。

①なやらか　　　②やならか　　　③やらわか　　　④やわらか

2. お前と一緒にふとんに入って、温もりを感じながら眠りたい。

①布巾　　　②布帛　　　③布地　　　④布団

3. お前の手（　　）冷たいから、俺が温めてやる。

①が　　　②の　　　③に　　　④と

4. ちょっと、首がくすぐったいから、もうキスしないで。

①そんな風にキスするのは好きじゃない。

②こうやってキスするのは好きだけど、なんだか笑っちゃいそう。

③キスしないで！私は怒ってるから。

④あなたに不意打ちされた。

5. この★＿＿＿よくて、ここに住みたいくらい。

①すごく　　　②心地　　　③が　　　④ベッド

BLPT 解答與中譯

1	2	3	4	5
④	④	①	②	④

1. お前の唇がとても柔らかくて、心地いい。

    你的唇好柔軟,好舒服。

2. お前と一緒に布団に入って、温もりを感じながら眠りたい。

    想和你一起躺在棉被裡,感受彼此的溫暖後入睡。

3. お前の手が冷たいから、俺が温めてやる。

    你的手好冰,我幫你暖手。

4. ちょっと、首がくすぐったいから、もうキスしないで。

    哈哈,脖子好癢,不要再親了。

    ① そんな風にキスするのは好きじゃない。
    我不喜歡你這樣親。

    ② こうやってキスするのは好きだけど、なんだか笑っちゃいそう。
    我喜歡這樣親,但想笑。

    ③ キスしないで！私は怒ってるから。
    不要親!我生氣了。

    ④ あなたに不意打ちされた。
    我被你偷襲了。

5. この④ベッド③が①すごく②心地よくて、ここに住みたいくらい。

    這張床好舒服,我想住在這。正確順序為④③①②

文法 19

> 形容詞縮略

お前の体、あっつ。
你的身體，好燙。

激情指數：★★★★★

運用時機：

兩人的唇緊密交織，タイガー老師在這份激情中，全身如火般灼燙。原本僵硬的身體，漸漸在允晨溫柔而挑逗的吻中融化，腦海變得昏沉，理性早已蕩然無存。允晨微微放開雙唇，溫柔地捧起老師的臉頰，輕笑著低聲說道：「お前の体、あっつ。」

「お前の体、あっつ」直譯是「你的身體，好燙。」但因使用了縮略表現，所以有強調、驚嘆語感，也帶些挑逗和性感的意思。

文法 19

形容詞縮略

お前の体、あっつ。
你的身體，好燙。

文法教學：

「あっつ」是「熱い」的口語縮略形式，帶有強調的語感。在口語中，將一些詞語縮短或者改變發音後，能表達更加自然、生動或強烈的情感。這裡的「あっつ」加重了「熱い」的感覺，讓聽者感受到強烈，甚至親暱感。

另外，「あっつ」聽起來更隨性，更有現場感，像是發出感嘆一般，所以通常用在表達驚訝、感受強烈的時候。

延伸例句：

一日中「好きだ」って言ってて、うるっせー！
你整天說喜歡我，吵死了！

さっむ！抱きしめて。
好冷！抱緊我。

あっぶね！もう少しでキスされるところだった。
超危險！差點就被你親了。

やっべ！エロすぎる。
糟糕！太性感了。

「好き」って言ってくれると、すっげー嬉しい。
當你說喜歡我時，我超級高興。

重點單詞：

煩い：煩、吵鬧｜縮略表現「うるっせー」常用來形容物理上的嘈雜聲，若用在人身上，則表示某人發出的聲音令人煩躁。然而在BL或戀愛情境中，這表現有時會反轉為正向效果，例如在「禁慾」情境下，對對方聲音的「煩い」評價反而增添了激情。

寒い：冷｜縮略表現為「さっむ」，很常出現在一出門時，對天氣感到寒冷，而由口中透露出似驚嘆的表現。

危ない：危險｜縮略表現為「あっぶね」，「ね」即「ない」，因此否定形的「ない」也可以縮略成「ね」，例如：「嘘じゃねよ！」（我沒騙人！）。

やばい：不妙｜縮略表現為「やっべ」也可翻譯為「危險」，正、負面事物上都能使用，需依照文脈判斷該句口氣表現。放在句首，常用於驚嘆表現。

凄い：厲害｜縮略表現為「すっげー」，此單字有多個差距很大的意思，也可以是「可怕」「誇張」「驚人」等負面用法。放在句首，常用於驚嘆表現。

BLPT 測驗：
請從①～④選出適當的選項

1. 寒いから、マフラーを巻こうぜ。

①あさい　　　②さしい　　　③さむい　　　④さめい

2. 雨がすごいから、泊まっていって。

①励い　　　　②凄い　　　　③良い　　　　④棲い

3. (　　　)、可愛すぎる。

①さっむ　　　②うるっせー　　③やっべ　　　④こわっ

4. さっむ！手を温めてくれる？
①体が冷たくて、ちょっと具合が悪い。
②体が冷たいから、君の温もりで温めて。
③体が冷たいから、頬を撫でて。
④体が冷たくて、頭がくらくらする。

5. 君__★___でっかすぎて、俺の胸はいっぱいだよ。

①へ　　　　　②の　　　　　③は　　　　　④愛

BLPT 解答與中譯

1	2	3	4	5
③	②	③	②	②

1. 寒いから、マフラーを巻こうぜ。

    太冷了，我們一起圍圍巾吧。

2. 雨が凄いから、泊まっていって。

    雨這麼大，留下來過夜吧。

3. やっべ、可愛すぎる。

    糟糕，太可愛了。

4. さっむ！手を温めてくれる？

    好冷，暖暖我的手？

    ① 体が冷たくて、ちょっと具合が悪い。

    　身體好冰，有點不舒服。

    ② 体が冷たいから、君の温もりで温めて。

    　身體好冷，用你的溫度溫暖我。

    ③ 体が冷たいから、頬を撫でて。

    　身體好冷，摸摸我的臉頰。

    ④ 体が冷たくて、頭がくらくらする。

    　身體好冷，頭暈目眩。

5. 君①へ②の④愛③はでっかすぎて、俺の胸はいっぱいだよ。

    我對你的愛太滿了，我的心都快裝不下了。正確順序為①②④③

文法 20

三類動詞可能形

もう、我慢(がまん)できない！
我已經無法忍耐了！

激情指數：★★★★☆

運用時機：

允晨深情地注視著タイガー老師，老師泛紅的雙頰讓他覺得可愛至極。他輕聲說道：「もう、我慢(がまん)できない！」隨即用鼻尖輕輕碰觸老師的鼻子，然後雙唇輕輕滑過老師的臉頰、頸部……。

「可能形」可以分為三種，一是指人的行為能力，二是指許可或禁止，三是指在特定條件下某事是否可成立。而允晨在這裡，正是因為自己無法達到「忍耐」這一行為，所以屬於「人的行為能力」。

文法 20

三類動詞可能形

もう、我慢(がまん)できない！
我已經無法忍耐了！

文法教學：

「可能形」依照動詞三類變化分別為：「一類動詞」ます前改為「エ」段音，「二類動詞」去ます＋られます，「三類動詞」是不規則活用動詞，因此「します」為「できます」、「来(き)ます」為「来(こ)られます」。

而「三類動詞」最常見的動詞單字為「兩個漢字動作性名詞＋します」，例如「散歩(さんぽ)します」，因此如果要變為「可能形」，則直接將最後的三類特徵「します」改為「できます」即可，即為「散歩(さんぽ)できます」。

延伸例句：

お前が俺を好きかどうかは、俺に相談できないよ。
你無法跟我討論愛上我的問題。

あのこと以来、お前に連絡できなくて辛いよ。
自從發生那件事，我完全不能聯絡你，好痛苦。

君が紹介できるって言ったけど、いらないよ。好きなのは君だから。
你說可以幫我介紹對象，但我不要啊，因為喜歡的就是你。

お前の告白に、返事できないよ。
針對你的告白，我無法回應。

君があまりに突然だから、全然準備できなかったよ。
你這麼突然，我完全沒辦法準備。

重點單詞：

もんだい
問題：問題｜「問題」通常指需要處理的事項，而不是「提問」，提問則用「質問
しつもん
」來表示。不過，「問題
もんだい
」也可以用來表示「題目」的意思。如果攻受之間產生了戀愛上的問題，則使用「問題
もんだい
」，一方提出疑問，則使用「質問
しつもん
」。

そうだん
相談する：商量｜指的是找人對談，協商、諮詢某一個議題。

いらい
以來：以來｜較艱澀的表現。動詞以て形連接，可視為機能語，表示自從發生A後，就持續保持B這件事情。可翻譯成「自從……以來，就一直……。」

しょうかい
紹介する：介紹｜如同字面上，是「介紹」之意，只是繁體中文母語學習者需要小心的有兩點：1.「紹
しょう
」並非繁體字的「糸」部，也就是三個點，下方為一個「小」字，2.與繁體中文排列剛好顛倒，「紹
しょう
」為前，「介
かい
」為後。

BLPT 測驗：
請從①〜④選出適當的選項

1. 今度、僕の彼氏を紹介するね。

①そうかい　　　②そうがい　　　③しょうかい　　　④しょうがい

2. お前のことが好きだから、恋愛そうだんには乗れない。

①相談　　　　　②商量　　　　　③商談　　　　　　④相量

3. 彼とはもう終わりにしたいけど、きっぱり（　　　）。

①別れれない　　②別れられない　③別れできない　　④別れない

4. 俺たちの関係について、説明できないよ。
①私たちの性格が合うかどうか、わからない。
②私たちがどこで知り合ったのか、よく覚えていない。
③私たちのどちらが年上なのか、わからない。
④私たちの関係がどういうものなのか、はっきりしない。

5. ＿＿　＿＿　★　＿＿、もう浮気しなくなった。
①以来　　　　　②君　　　　　　③と　　　　　　　④出会って

BLPT 解答與中譯

1	2	3	4	5
③	①	②	④	④

1. 今度、僕の彼氏を紹介するね。
   下次,我把男朋友介紹給你吧。

2. お前のことが好きだから、恋愛相談には乗れない。
   因為我喜歡你,所以我沒辦法陪你聊戀愛煩惱。

3. 彼とはもう終わりにしたいけど、きっぱり別れられない。
   雖然想和他徹底結束,但就是藕斷絲連。

4. 俺たちの関係について、説明できないよ。
   我沒辦法跟你說明我們之間的關係。
   ① 私たちの性格が合うかどうか、わからない。
   我不知道我們性格合不合。
   ② 私たちがどこで知り合ったのか、よく覚えていない。
   我不清楚我們在哪裡認識的。
   ③ 私たちのどちらが年上なのか、わからない。
   我不知道我們之間誰年齡比較大。
   ④ 私たちの関係がどういうものなのか、はっきりしない。
   我不清楚我們之間的身份。

5. ②君③と④出会って①以来、もう浮気しなくなった。
   自從和你相遇,我再也不花心了。正確順序為②③④①

文法 21

變化

優(やさ)しくして。
請你對我溫柔點。

激情指數：★★★☆☆

運用時機：

タイガー老師全身炙熱，允晨隨著熱烈的互動將他抱得更緊。老師難以承受這股激情，輕輕呢喃：「優(やさ)しくして。」隨即沈溺在深情的吻中……。

老師使用「イ形容詞副詞形+します」，並用標題已省略的「～てください」表達輕微的命令，表示希望允晨能有意識地調整力道，讓彼此的互動進入更溫柔的狀態。

文法 21

變化

優^{やさ}しくして。
請你對我溫柔點。

文法教學：

本篇主題是「變化」。變化分為「自然而然變化」及「某主體有意志做動作使其變化」，前者的接續為「『イ形容詞去い＋く／ナ形容＋に』なる」，後者為「『イ形容詞去い＋く／ナ形容＋に』します」，而後者因為須由某主體有意志使其產生變化，因此前面要放「主體が／は」，表示由某人進行。前者的例子如：「寒^{さむ}くなった。」（變冷了），後者例如：「おばさんがズボンを短^{みじか}くした。」（阿姨把褲子弄短了）。

另外，接續「します」前的型態都是副詞形，因此不一定要搭配動詞「します」，也可依照不同句意，搭配不同動詞。

延伸例句：

お前のために、スープを温かくしたよ。
為了你，我把湯弄熱了。

素敵な夜を過ごして、君は俺の心を満たしてくれた。
度過了一個美好的夜晚，你讓我的心滿溢著幸福。

こうすると不快だと言ってたから、枕を高くしておいたよ。
你說過這樣不舒服，所以我幫你把枕頭墊高了。

清潔感のある髪型が好きって言ってたから、髪を短くしたよ。
你說過喜歡清爽的髮型，所以我把頭髮剃短了。

俺の腕に寄りかかれば、もっと楽になるよ。
躺在我的胳膊上，會讓你感覺更舒服。

重點單詞：

温かい（あたたかい）：溫暖｜如同字面，可以指物理上的溫暖，例如體溫（但不能用於氣溫）或物品。也可指情感上的溫馨，更能用於比喻例如「温かい家庭」（あたたかいかてい）（溫暖的家庭）、「温かい雰囲気」（あたたかいふんいき）（溫暖的氣氛）。

満たす（みたす）：填滿、滿足｜動詞，可以用於具體的物理填滿或心理、需求上的滿足。

清潔感（せいけつかん）：指的是給人一種清潔、乾淨、整潔的感覺｜名詞，通常用來形容人的外表、穿著或環境等。不僅僅是物理上的潔淨，還能傳達出舒適、清新的印象。

髪（かみ）：頭髮｜多用於頭髮的整體或髮型。另外「髪の毛」（かみのけ）更口語，但指單根髮絲或髮質。因此，通常染髮指的是染整體的髮型，需使用「髪」（かみ）而非「髪の毛」（かみのけ）。

寄りかかる（よりかかる）：依靠、倚靠的動作或行為｜動詞，既可以用在物理上的依靠，也可以用於比喻意義，表示精神上或情感上的依賴。

BLPT 測驗：
請從①～④選出適當的選項

1. 君の服装は清潔感があって、好きだよ。
①せいけつかん　　②せげつかん　　③せいげっかん　　④せげかん

2. ねえ、君の手あったかいから、離さないでね。
①暖かい　　　　②温かい　　　　③熱い　　　　　　④暑い

3. 静か（　　）、隣の人に聞かれちゃうよ。
①して　　　　　②くして　　　　③にして　　　　　④なして

4. 彼氏が来るから、シャワーしなきゃ。
①部屋が散らかっている。
②私はあまりきれいじゃない。
③体がちょっと汚れてる。
④フェイスマスクをしなきゃ。

5. 黒髪が好きだと言ってたから、＿＿ ＿＿ ★ ＿＿よ。
①黒く　　　　　②髪　　　　　　③染めた　　　　　④を

BLPT 解答與中譯

1	2	3	4	5
①	②	③	③	①

1. 君の服装は清潔感があって、好きだよ。

    你的服裝整潔乾淨，我很喜歡喔。

2. ねえ、君の手温かいから、離さないでね。

    喂，你的手好暖和喔，不要鬆開手喔。

3. 静かにして、隣の人に聞かれちゃうよ。

    安靜點，不然隔壁床的人會聽到喔。

4. 彼氏が来るから、シャワーしなきゃ。

    男朋友要來了，得把身體洗乾淨。

    ① 部屋が散らかっている。

     房間很髒亂。

    ② 私はあまりきれいじゃない。

     我長得不漂亮。

    ③ 体がちょっと汚れてる。

     我身上髒髒的。

    ④ フェイスマスクをしなきゃ。

     我需要敷面膜。

5. 黒髪が好きだと言ってたから、②髪④を①黒く③染めたよ。

    你說喜歡黑髮，所以我就把頭髮染黑了。正確順序為②④①③

文法 22

慣用

なぜ体が言うこと聞かないのか？
為什麼身體不聽使喚？

激情指數：★★★★★

運用時機：

兩人全身炙熱，在愛情與激情交織的親吻中緊緊相擁。タイガー老師在恍惚間，回想起自己對師生戀的堅持，不禁疑惑，為什麼會因允晨而淪陷，默默自問：「なぜ体が言うこと聞かないのか。」已無法掌控身心，更無力拒絕允晨，最終向道德的防線投降……。

文法22 【慣用】

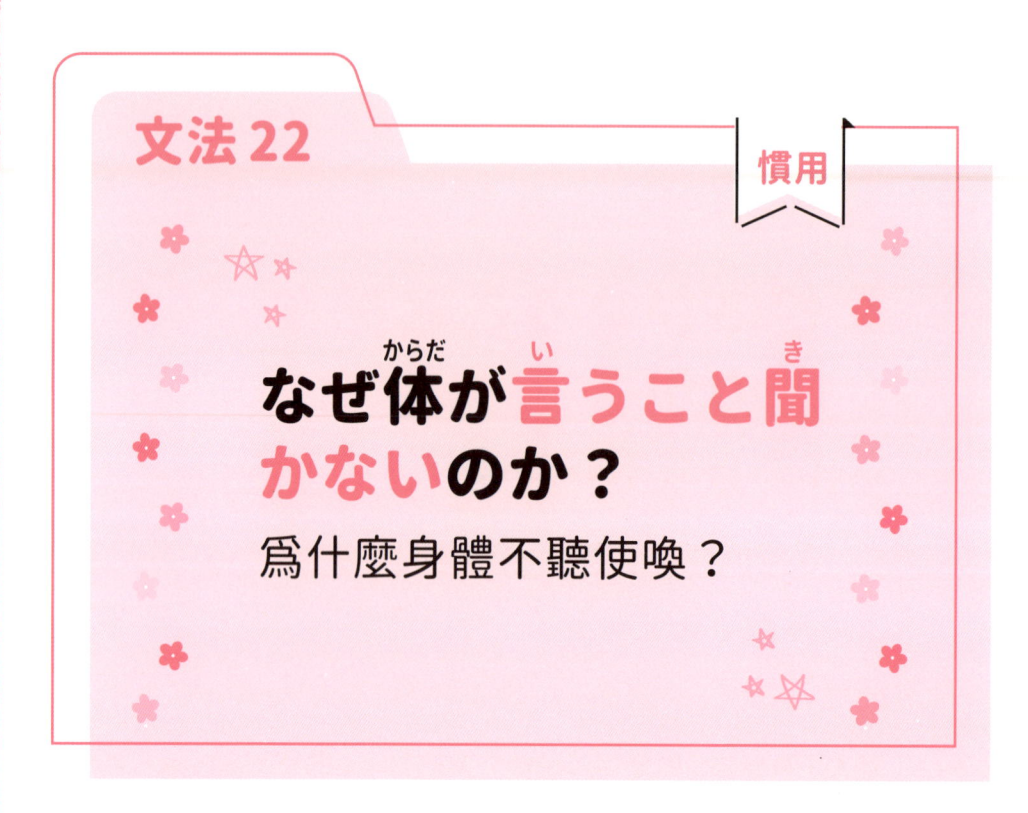

なぜ体が言うこと聞かないのか？
爲什麼身體不聽使喚？

文法教學：

「～が言うこと（を）聞かない。」在口語會話是非常常見的表現。「言う」是「說」，加上「こと」表示「說的話」「吩咐的內容」，潤飾後便為「指令、命令」。「聞かない」是「聞く」的否定形，也就是「不聽」，潤飾後為「不聽從、不遵從」。兩者一起使用後，便成為「不聽指示、不聽使喚」之意。表示某人、物無法按照自己的意願行動，因此「が」前需放上不聽使喚的人、物之名詞。

延伸例句：

頭が言うこと聞かなくて、お前に近づいてしまう。
腦袋不聽使喚，(唇)不自覺地靠近了你。

お前を見ると、心が言うことを聞かなくなる。
只要看著你，我的心就無法自我控制。

君にキスされて、体が言うことを聞かなくなった。
被你親了之後，我身體就不聽使喚了。

誰かがお前に話しかけるだけで、頭が言うことを聞かなくなるんだ。
只要有人跟你講話，我的腦袋就不聽使喚了。

お前が電車に乗るのを見たら、足が言うことを聞かなくなって、一緒に乗っちゃった。
看到你搭上電車，我的腳就不聽使喚地跟著上去了。

重點單詞：

心（こころ）：心｜表示人的感情、情緒，或內心、意志、關懷、體貼等，因此有廣泛的意義。因此需要依照前後會話句及情境的脈絡，才可辨別是哪一種意思。

話（はな）しかける：攀談｜是複合動詞，由「話（はな）します」和「かけます」組合而成。

電車（でんしゃ）：電車｜是以電力驅動的軌道列車，通常指地鐵、或市區通勤火車等，電車一般泛用短、中程交通上，所以新幹線不屬電車的一種。

乗（の）る：搭乘｜指進入並存在一個空間內，因此，舉凡搭乘電車、巴士、電梯等，都需要使用表示「進入點、到達點、存在」的「に」，因此與上述的「電車」組合後，會變成「電車（でんしゃ）に乗（の）る。」（搭電車）。

足（あし）：腳、腿｜日語中不細分兩個講法，通稱「足（あし）」。

BLPT 測驗：
請從①～④選出適當的選項

1. 足を出して、マッサージしてあげる。
①はっし　　　　②あっし　　　　③はし　　　　④あし

2. 君の手に触れると、頭がいうことをきかない。
①居 / 効　　　　②言 / 効　　　　③居 / 聞　　　　④言 / 聞

3. 電車（　　）乗っている時、彼の肩にもたれて寝ちゃった。
①に　　　　②で　　　　③を　　　　④が

4. お前のことを耳にするだけで、頭が言うことを聞かなくて、思い出が溢れてくる。
①毎日お前の夢を見ている。
②お前だから、たくさんの思い出が自然と浮かんでくる。
③毎日、過去の思い出がずっと頭に浮かんでくる。
④君のことを思い出すと、なんだか悔しくなる。

5. 君を思うと、心が ___ ★ ___、求めてしまう。
①なって　　　　②を　　　　③言うこと　　　　④聞かなく

BLPT 解答與中譯

1	2	3	4	5
④	④	①	②	②

1. 足を出して、マッサージしてあげる。
   把腳伸出來，我給你按摩。

2. 君の手に触れると、頭が言うことを聞かない。
   只要碰觸到你的手，我腦袋就無法控制了。

3. 電車に乗っている時、彼の肩にもたれて寝ちゃった。
   我搭電車的時候，不小心在他肩上睡著了。

4. お前のことを耳にするだけで、頭が言うことを聞かなくて、思い出が溢れてくる。
   只要聽到你的消息，我的大腦就不聽使喚，回憶不斷湧現。
   ① 毎日お前の夢を見ている。
      我每天都夢見你。
   ② お前だから、たくさんの思い出が自然と浮かんでくる。
      因為你，讓我不禁想起許多回憶。
   ③ 毎日、過去の思い出がずっと頭に浮かんでくる。
      我每天都一直想起我們過去的回憶。
   ④ 君のことを思い出すと、なんだか悔しくなる。
      想起你，讓我很懊惱。

5. 君を思うと、心が③言うこと②を④聞かなく①なって、求めてしまう。
   一想到你，我的心就不聽使喚，忍不住渴望你。正確順序為③②④①

文法 23

完了、遺憾、不小心

もう壊(こわ)れちゃう。
我快壞掉了。

激情指數：★★★★★

運用時機：

タイガー老師彷彿徹底融化，身體不再聽使喚，思緒逐漸空白，無法思考或判斷，一切如同失控，僅能隨著允晨的節奏，沉溺於這濃烈而充滿誘惑的互動中。

老師的腦海中僅剩下一個聲音盤旋著：「もう壊(こわ)れちゃう。」他如同一個玩偶般，被允晨完全掌控⋯⋯。

「ちゃう」有許多意義，在此因為使用的是：「壊(こわ)れる」，因此有「不小心」之意，因此可以得知，老師面對這件事的態度，認為自己是「不小心」陷入、被控制住的。

文法 23　完了、遺憾、不小心

もう壊(こわ)れちゃう。
我快壞掉了。

文法教學：

「～ちゃう」是「～てしまう」的縮略形。過去式則為「～ちゃった」（～てしまった），「て」形音便為濁音的「で」，則使用「じゃ」，例如：「飲(の)んでしまった」則為「飲(の)んじゃった」。

此表現表示「完了」「遺憾」「不小心」。在有意志性的動作時使用，是「完成、解決某事」時使用，例如：「おいしいから、食(た)べちゃった。」（因為好吃，我吃光了。）而非意志或代表不小心的動詞時，則為「遺憾、不小心」，例如：「できちゃった。」（我懷孕了。）

延伸例句：

恋に落ちちゃった。
我不小心墜入情網。

お前の誕生日を忘れてしまって、ごめんな。
我忘記你的生日了，對不起。

うっかり告白しちゃって、めっちゃ恥ずかしい。
我不小心告白了，好丟臉。

キスされちゃって、どうしたらいいかわからない。
被你親了，我不知道該怎麼辦。

思わず彼を抱いちゃった。
我情不自禁抱（H）了他。

重點單詞：

落ちる：掉落｜是一字多義的單字，基本意思是「掉落」，但也有「向下墜落」之意，例如：「体力が落ちる」（體力下降），因此，用於「戀愛」上，就是「墜入」情網之意。

うっかり：不留神｜副詞。用來描述因一時不注意或粗心而發生某種行為或疏忽的情況。這個詞帶有輕微的自責意思，但通常用於無意中的錯誤。

恥ずかしい：害羞｜形容詞，用來表達羞恥、害羞或尷尬的情感。它適用於多種情境，需依照上下文脈絡解讀此單字的意思。

振る：搖、揮｜一字多義，可以是揮動、搖晃、附加標記、拋棄、拒絕等意思，而例句是指戀愛中的「拋棄」，也就是俗稱的「甩」。

思う：想｜一類動詞。主要表示思考、認為、感覺或期待的意思。例句中將「思う」改為「ない形」則變「思わない」，「ない」可替換「ず」則等同於「ないで」，表「不～而…」「沒有～就…」之意。

BLPT 測驗：
請從①～④選出適當的選項

1. 彼が告白してくれた瞬間、思わずキスしてしまった。

① ごっはく　　　② こっはく　　　③ こくはく　　　④ ごくはく

2. お風呂で彼に入浴中を見られて、めっちゃはずかしかった。

① 羞　　　　　　② 恥　　　　　　③ 顔　　　　　　④ 残

3. すごく激しくて、心臓が持たないよ…死ん（　　　）よ。

① ちゃった　　　② じゃった　　　③ ちゃう　　　　④ じゃう

4. もらったお守りを失くしちゃってから、もう彼に会う勇気がない。

① 残念だけど、失くしてしまったものは仕方がない。
② 失くしたから、会わなければ彼には知られない。
③ 大したものじゃなくて良かった。これなら彼に会っても大丈夫だね。
④ わざとじゃなかったけど、彼には言えない。

5. 彼がついに目の前に現れて、＿＿＿★。

① 思わず　　　　② 涙　　　　　　③ が　　　　　　④ あふれた

BLPT 解答與中譯

1	2	3	4	5
③	②	④	④	④

1. 彼が告白してくれた瞬間、思わずキスしてしまった。

   在他向我告白的瞬間，我情不自禁地親了上去。

2. お風呂で彼に入浴中を見られて、めっちゃ恥ずかしかった。

   在浴室被他看到洗澡，真的好丟臉。

3. すごく激しくて、心臓が持たないよ…死んじゃうよ。

   好激烈，我心臟受不了，快要死了。

4. もらったお守りを失くしちゃってから、もう彼に会う勇気がない。

   弄丟了他給的御守後，我不敢再跟他見面。

   ① 残念だけど、失くしてしまったものは仕方がない。

   很可惜弄掉了，但也沒辦法。

   ② 失くしたから、会わなければ彼には知られない。

   弄丟了，所以不見面他就不知道。

   ③ 大したものじゃなくて良かった。これなら彼に会っても大丈夫だね。

   還好不是重要的東西，碰見他應該沒事。

   ④ わざとじゃなかったけど、彼には言えない。

   我不是故意的，但我不敢跟他說。

5. 彼がついに目の前に現れて、①思わず②涙③が④あふれた。

   他終於出現在我面前了，我不禁流下了眼淚。正確順序為①②③④

第三幕
勇敢去愛

第三幕 勇敢去愛

24. もう、逃げられないぞ。 ──→ 可能形否定　155
你已經逃不掉囉。　　激情指數：★★★★★

25. 俺だけを見つめて。 ──→ 副助詞　161
你眼中只能有我。　　激情指數：★★★★☆

26. 好きになっちゃうから、やめて。 ──→ 原因・理由　167
不要這樣，我會喜歡上你。　激情指數：★★★☆☆

27. 好きって言ってくれて、すっげー嬉しいんだわ。 ──→ 授受　173
你說喜歡我，我真的好高興。　　激情指數：★★★★☆

28. 俺の事が大好きなお前が可愛い。 ──→ 形容詞修飾名詞　179
你喜歡我的樣子太可愛了。　　激情指數：★★★★☆

29. お前の心も体も俺だけでいっぱいにしたい ──→ 並列助詞　185
我要你的心，還有不管什麼，都只有滿滿的我。　激情指數：★★★★★

30. 理由なんかない。ただお前を甘やかしたいだけだ。 ──→ 舉例　191
沒什麼理由，就只是想寵你。　　激情指數：★★★★★

文法 24

可能形否定

もう、逃げ<ruby>に</ruby>られないぞ。
你已經逃不掉囉。

激情指數：★★★★★

運用時機：

允晨雙手緊緊摟住タイガー老師的腰，兩人之間的距離瞬間消失無蹤。他的唇輕柔地滑過老師的頸項與耳畔，熱烈的氣息一陣陣襲來，讓老師幾乎快要支撐不住。

允晨的唇在老師的耳邊停住，嘴角勾起一抹得意的笑容，低聲說：「もう、体は言うこと聞かないよな。」（身體已經不聽使喚了吧。）隨後，他輕啄老師的耳垂，再次宣告：「もう、逃げられないぞ。」（你已經逃不掉囉。）

「可能形」的其中一種用法，是用來表達動作主體已無法執行某項行為。因此，在這裡意指老師已經失去了「逃脫的能力」。

文法 24

可能形否定

もう、逃げ_にられないぞ。
你已經逃不掉囉。

文法教學：

在前篇，已教過三種類動詞的「可能形」變化方式，因此在這省略。而「可能形」形態屬「二類動詞」，因此「否定形」則「去ます＋ません」，口語則是「去ます＋ない」。

另外，一般大多可能形動詞前的助詞表現，都會使用「が」，如果原句以「を」表現，則請替換成「が」，例如：「ビール『が』飲める。」（敢/會喝啤酒），但如果可能形表現前非「を」，而是屬其他助詞表現，則應使用該助詞，例如：「病気だから、友達『と』遊べない。」（因為生病，所以沒辦法跟朋友玩。）。

延伸例句：

まだ足りないから、止められないんだ。
我還要更多，所以我無法停止。

そこは敏感だから、触れないよ。
那邊很敏感，我不會摸的啦。

彼に抱きしめられると、もう拒めない。
他把我抱在懷裡，我就無法拒絕他。

君の香りがあまりにもよくて、自分を抑えられないよ。
你身上好香，讓我無法自持。

まだ君を愛してるから、諦められないんだ。
我還愛著你，所以無法放棄追你。

重點單詞：

と
止める：停止｜他動詞。指的是動作主使某事物停止，而如例句使用可能形否定，則代表該動作主無法停止自己的動作。

こば
拒む：拒絕、違抗｜表達心理強烈的抗拒，或拒絕接受某個立場。攻受在互動時，通常在心境上出現掙扎時，就能使用與心理層面有關的此單字表現。

あまり：過於、太｜是個多義詞。可表程度過多或較低，而例句中的是指「過於」，指某狀態超出正常範圍。

おさ
抑える：克制｜描述對情感、動作或某種狀態的限制或克制行為。而例句是以表示壓抑內心的情感或控制情緒，不讓其表現出來，搭配可能形，便成為自己對情感的控制是無法掌握的。

あきら
諦める：放棄、死心｜指對某事、目標停止追求，有時帶有遺憾、無奈的色彩。因此在感情面上，也可視為放棄、接受事實而死心。例句中就是指堅持追求，所以用可能形否定表現表達感情面及行動無法放棄追求。

BLPT 測驗：
請從①～④選出適當的選項

1. 彼のキスがあまりにも情熱的で、拒めないんだ。
   ①こばめない　　②いとめない　　③きよめない　　④じばめない

2. お前のことをあきらめるなんて、俺には絶対できないよ。
   ①蹄める　　　②棄める　　　③諦める　　　④締める

3. 先生だから、お前に手（　　）出せないんだ。
   ①に　　　　②は　　　　③の　　　　④で

4. 君と別れる時、泣くことさえできなかった。
   ①気持ちがあまりにも複雑で、泣くべきかどうかもわからなかった。
   ②君と別れられるなんて、むしろ幸運だと思っているよ。
   ③最初から君を愛していなかったよ。
   ④早くこの恋を終わらせたいんだ。

5. 君が★＿＿＿呼べなくなるまで、キスしてやるよ。
   ①俺　　　　②すら　　　③名前　　　④の

BLPT 解答與中譯

1	2	3	4	5
①	③	②	①	①

1. 彼のキスがあまりにも情熱的で、拒めないんだ。

   我無法拒絕他的親吻,因為太熱烈了。

2. お前のことを諦めるなんて、俺には絶対できないよ。

   要我放棄你,對我來說是絕對不可能的。

3. 先生だから、お前に手は出せないんだ。

   因為我是你老師,所以我無法對你出手。

4. 君と別れる時、泣くことさえできなかった。

   跟你分手時,我哭不出來。

   ① 気持ちがあまりにも複雑で、泣くべきかどうかもわからなかった。
      我的感覺太複雜了,不知道該不該哭。
   ② 君と別れられるなんて、むしろ幸運だと思っているよ。
      我覺得能跟你分手很幸運。
   ③ 最初から君を愛していなかったよ。
      我本來就不愛你。
   ④ 早くこの恋を終わらせたいんだ。
      我想趕快結束這個戀情。

5. 君が①俺④の③名前②すら呼べなくなるまで、キスしてやるよ。

   我要親到你無法叫出我的名字。正確順序為①④③②

文法 25

副助詞

俺_{おれ}だけを見_みつめて。

你眼中只能有我。

激情指數：★★★★☆

運用時機：

允晨雙手輕輕捧住タイガー老師的臉，深情地注視著他的雙眼，低聲說道：「俺_{おれ}だけを見_みつめて。」這句話使用了「見_みつめる」（凝視、專注看著），並加上了輕微命令的語氣「て（ください）」，請求老師專注於他。「見_みつめる」這個動詞，帶有情感與專注的意味。允晨的話中，不僅是在請求老師當下用目光凝視自己，更是希望他在情感層面能專注於自己的心，將整顆心也完全放在他身上。

文法 25

副助詞

俺だけを見つめて。
你眼中只能有我。

文法教學：

「だけ」是表「限定」的副助詞，意為「僅、只」，接續「V普通形、イ形容詞、ナ形容詞（な）、N」。可用於肯定與否定句，例如：「タイガー先生にだけ電話した。」（只打給タイガー老師）與「タイガー先生にだけ電話しなかった。」（只沒打給タイガー老師）。

否定句中，使用「〜しか〜ない」能更強調「僅只」，如：「タイガー先生しか電話しなかった。」（只打給タイガー老師），表示完全排除其他對象。需注意，即便句尾為否定形式，翻譯為肯定語意。

延伸例句：

俺だけを愛してるって言って。
我要你說只愛我。

その唇は俺だけが触れられるんだ。
這雙唇只有我能觸碰。

お前しか抱いたことがないよ。
我只抱（H）過你。

他の人なんてどうでもいい。君の気持ちしか気にしない。
我不管別人，我只在乎你的心情。

まさか、俺とすることだけが好きで、愛していないの？
難道，你只喜歡跟我做，並不愛我？

重點單詞：

愛^{あい}する：愛｜表達對人的深厚情感，在家人身上有親情的意味，而戀人則是浪漫的感情。比起「好^すき」，感情的層次較深，「好^すき」則偏一般喜好，程度較輕。在例句中，可見話者希望對方說出的話語，給的承諾較深厚。

抱^だく：抱｜指具體身體的擁抱，帶有溫暖、親密的情感，因此能延伸到隱喻性行為的語境中。

他^{ほか}：其他｜表示某事物或範疇以外的其他事物或情況。強調是唯一的，不包括其他。例句指的就是「『唯獨』你」的心情我才在意。

まさか：難道、莫非｜副詞。表達驚訝、不相信或難以置信的情況，通常帶有意外、出乎預料、不確定的感嘆語氣，有時也可理解無奈的情感。

BLPT 測驗：
請從①～④選出適當的選項

1. こういう時だけ俺を抱くの？
   ①いたく　　　②たく　　　　③いだく　　　　④だく

2. 今はほかの人を見ないで、俺だけを見ていればいい。
   ①其　　　　　②面　　　　　③他　　　　　　④周

3. 俺は君しか見（　　　）から、浮気なんてしないよ。
   ①ていない　　②ない　　　　③る　　　　　　④たい

4. ベッドの上では俺の名前しか呼んじゃだめだよ。
   ①ベッドの上では俺の名前を呼んではいけない。
   ②ベッドの上では俺の名前しか呼べないんだよ。
   ③ベッドの上では俺の名前だけ呼んでもいいよ。
   ④ベッドの上では俺の名前を呼べ！

5. 他の誰もいらない、俺は君＿＿＿★だ。
   ①が　　　　　②欲しい　　　③だけ　　　　　④ん

BLPT 解答與中譯

1	2	3	4	5
④	③	①	②	④

1. こういう時だけ俺を抱くの？
   只有這種時候你才會抱我嗎？

2. 今は他の人を見ないで、俺だけを見ていればいい。
   這時候不要看其他人，只看著我就好。

3. 俺は君しか見ていないから、浮気なんてしないよ。
   我只看著你，所以我不會出軌的。

4. ベッドの上では俺の名前しか呼んじゃだめだよ。
   在床上你只能叫我的名字喔。

   ① ベッドの上では俺の名前を呼んではいけない。
      在床上你不可以叫我名字。
   ② ベッドの上では俺の名前しか呼べないんだよ。
      在床上你只能叫我的名字。
   ③ ベッドの上では俺の名前だけ呼んでもいいよ。
      在床上你可以叫我的名字。
   ④ ベッドの上では俺の名前を呼べ！
      在床上你給我叫我的名字！

5. 他の誰もいらない、俺は③だけ①が②欲しい④んだ。
   別人我都不要，我只要你。正確順序為③①②④

166

文法 26

原因、理由

好きになっちゃうから、やめて。

不要這樣，我會喜歡上你。

激情指數：★★★☆☆

運用時機：

タイガー老師被允晨挑逗得心神不定，不知所措的他躲開允晨的視線，低聲說道：「好きになっちゃうから、やめて。」允晨聽後，嘴角微微上揚，輕笑著低語：「もう好きになってるんじゃないの？」（不是已經喜歡上了嗎？）話才剛結束，他便深情地吻上了老師的雙唇。

這裡的「から」表示原因或理由：如果允晨繼續這樣下去，自己「快要」克制不住而愛上他。因此，老師的請求是「住手」，理由則是「怕會真的愛上」。

文法 26　　原因、理由

好(す)きになっちゃうから、やめて。

不要這樣，我會喜歡上你。

文法教學：

「から」表示原因、理由，接續方式是四大詞性的普通形加上から，通常與同為表原因、理由的「ので」相比較。

「から」是依說話者的主觀視角敘述因果，而「ので」則持有客觀態度，因此此表現視為語感的差異。使用「から」時會容易讓人覺得話者的視角認為因果是應當發生的，而「ので」則有委婉、解說的感覺。

另外，「ので」的接續，如果遇到「ナ形容詞、名詞」要加上「な」才可接續，其餘同「から」。不過在鄭重的場合，「～ますので、～」「～ですので、～」也是非常常見的。

延伸例句：

俺が君より年下だから、愛するのが怖いんだろう？
因為我年紀比你小，所以你不敢愛我，對吧？

全身びしょ濡れだから、俺の家でシャワーを浴びていきなよ。
因為你全身都濕了，來我家洗澡吧。

そこは敏感だから、キスしないで。
那邊很敏感，所以不要親那邊。

君を愛しているからこそ、何があっても必ずやり遂げるよ。
因為很愛你，我使命必達。

君がいるからこそ、俺の人生には意味があるんだ。
因為你的存在，我才活得有意義。

重點單詞：

びしょ：濕漉貌｜擬態語。常用於表示物體或人完全濕透的狀態。通常不單獨使用，而是搭配其他詞語（如「びしょびしょ」或「びしょ濡れ」）來加強表現效果。「濡れ」是「濡れる」（濕）的名詞形式，與「びしょ」搭配表示濕得徹底，語氣略顯誇張。帶有生動的感官效果（適合用於如例句中隱喻性愛的場景），用於日常生活的描述非常自然。

浴びる：淋浴、沐浴｜他動詞，通常與「シャワー」結合一起使用。而結合不同詞彙，也會產生其他意義，例如「承受壓力」比喻性的表達：「批判を浴びる。」（遭到批評。）

敏感：敏感｜ナ形容詞。指對外界刺激（如聲音、氣味、情感、話題等）有靈敏反應，依據情境可判定「敏感」指的是哪種類型的反應，既可以是身體上的，也可以是心理上的。而例句中結合「親吻」，所以是指身體上的反應。

やり遂げる：完成｜他動詞，是由「やる」（做）和「遂げる」（完成、實現）組成。指「克服挑戰，徹底堅持做完某件事」。是一個充滿毅力和堅定感的詞語，所以例句翻譯為「使命必達」。

BLPT 測驗：
請從①〜④選出適當的選項

1. 君の瞳が濡れるたび、僕の心も君に溺れていくよ。

① れれる　　　　② みれる　　　　③ ねれる　　　　④ ぬれる

2. 君を満足させるまで、俺は最後までやりとげるよ。

① 逃げる　　　　② 送げる　　　　③ 上げる　　　　④ 遂げる

3. お前、いい香り。さっきシャワーを（　　　）？

① 浴びない　　　② 浴びる　　　　③ 浴びた　　　　④ 浴びなかった

4. 君の目に彼しか映っていないから、俺は怒るんだよ。

① 君にがっかりしてるよ、だってちゃんとやってくれなかったから。
② 俺、ヤキモチ焼いてるから、すごく怒ってるんだ。
③ 世界は彼だけじゃない、彼を好きにならないで。
④ なんで彼と付き合ってるの？

5. 彼が俺の＿＿★＿＿＿、こんなにも守りたくなるんだ。

① もの　　　　　② だ　　　　　　③ こそ　　　　　④ から

171

BLPT 解答與中譯

1	2	3	4	5
④	④	③	②	②

1. 君の瞳が濡れるたび、僕の心も君に溺れていくよ。

    每當你的眼眸濕潤，我的心也一點點沉溺於你。

2. 君を満足させるまで、俺は最後までやり遂げるよ。

    直到讓你徹底滿足為止，我一定會做到底喔。

3. お前、いい香り。さっきシャワーを浴びた？

    你好香，剛剛洗澡了嗎？

4. 君の目に彼しか映っていないから、俺は怒るんだよ。

    因為你眼中只有他，所以我才會火大。

    ① 君にがっかりしてるよ、だってちゃんとやってくれなかったから。
    我對你很失望，因為你做得不好。
    ② 俺、ヤキモチ焼いてるから、すごく怒ってるんだ。
    我吃醋了，所以很生氣。
    ③ 世界は彼だけじゃない、彼を好きにならないで。
    全世界不是只有他，不要愛上他。
    ④ なんで彼と付き合ってるの？
    你幹嘛跟他交往？

5. 彼が俺の①もの②だ④から③こそ、こんなにも守りたくなるんだ。

    正因為他是我的，所以我才會這麼保護他。正確順序為①②④③

文法 27　　　　　授受

好きって言ってくれて、すっげー嬉しいんだわ。
你說喜歡我，我真的好高興。

激情指數：★★★★☆

運用時機：

允晨突然將タイガー老師緊緊抱住，額頭輕輕靠著老師，露出淘氣的笑容，低聲說：「好きって言ってくれて、すっげー嬉しいんだわ。」說完，他用鼻尖輕蹭老師的鼻尖，接著在老師的鼻樑、額頭和臉頰留下輕柔的吻，眼中滿滿的愛意：「今まで俺を拒んでたのは、葛藤してたからだろ？本当は俺のことが好きなんだよね？」（之前拒絕我都是因為在掙扎吧？其實你真的很喜歡我，對吧？）

タイガー老師沉默了一會兒，抬起眼凝視著允晨，臉頰暈紅，然後輕輕點了點頭……。

「くれる」有時會有「恩惠」之意，因此，允晨這句話，帶有感謝的心情。

文法 27

授受

好きって言ってくれて、すっげー嬉しいんだわ。

你說喜歡我，我真的好高興。

文法教學：

「授受」是指「給予」和「收受」的表現。在日語中分成三個動詞，分別為「あげる」「もらう」「くれる」，以下為「授受基本的句構及助詞表現」。

＊「給予者（A）」は「收受者（B）」に物を/動詞て形+あげる。（A給B……）

＊「收受者（B）」は給予者（A）に物を/動詞て形+もらう。（B從A那得到……）

＊「給予者（A）」は「收受者（我）」に物を/動詞て形+くれる。（A給我……）

「くれる」表現，收受者絕對是「我方」，因此有時可省略。而「に」是表示對象的助詞。授受動詞通常無法用中文翻出。

延伸例句：

俺を好きになってくれてありがとう。
謝謝你愛上我。

こんな大きな花束をくれるなんて、大げさだね。
收到這麼大的花束，你很誇張耶。

毎日送り迎えしてくれて、疲れないの？
每天接送我，不累嗎？

ほら、これあげる。でもあんまり喜ばないでよ。
喂，這個給你，不要太高興喔。

寒くない？俺が抱きしめて、温めてあげるよ。
你不冷嗎？我摟著你給你滿滿的溫暖。

重點單詞：

<ruby>花束<rt>はなたば</rt></ruby>：花束｜多朵花組合在一起，捆綁成一個整齊的花束，通常用於表達祝賀、感謝、愛意或哀悼等情感。

<ruby>大袈裟<rt>おおげさ</rt></ruby>：誇張｜ナ形容詞。描述言行誇張、誇大、不切實際。在日常經常使用，帶有幽默或批評的口氣。而收到花時，心花怒放地說「誇張」，可知是一種幽默又害臊的口氣。

<ruby>送<rt>おく</rt></ruby>り<ruby>迎<rt>むか</rt></ruby>えする：接送｜表示接與送，有往返概念。由「<ruby>送<rt>おく</rt></ruby>る」（送）和「<ruby>迎<rt>むか</rt></ruby>える」（接）組成，指將某人送到目的地，並在需要時接回來。是日常生活、正式場合皆可使用的詞彙。

ほら：你看｜感嘆詞。用於引起他人注意、提醒、催促或表達情緒，且根據語氣可以表現驚訝、喜悅、不滿等情感。在日常會話中使用頻率極高，適合各種生活情境，且表現非常口語。

BLPT 測驗：
請從①～④選出適當的選項

1. 君は俺に花束のように華やかな恋をくれたんだ。

① はなはた　　　② はなぱた　　　③ はなたば　　　④ はなはか

2. キスしただけでそんな声、おおげさだよ。

① 大袈裟　　　② 大衣裳　　　③ 大袈紗　　　④ 大加裟

3. 僕が拗ねたら、いつも笑顔でなだめて（　　　）君が好きだよ。

① くれた　　　② くれない　　　③ くれる　　　④ くれなかった

4. 出かける前に、彼はいたずらっぽいキスをしてくれた。
① 彼は出かけたくなくて、もっと俺と一緒にいたがっていた。
② 彼はご機嫌な様子で出かけていった。
③ 彼はもうすぐ遅れそうで、すごく急いでいた。
④ 彼は出かけるのにぐずぐずしていた。

5. 彼 ＿＿ ＿＿ ★ ＿＿ をもらった。

① から　　　② の　　　③ 手紙　　　④ 告白

BLPT 解答與中譯

1	2	3	4	5
③	①	③	②	②

1. 君は俺に花束のように華やかな恋をくれたんだ。
   你給了我一個像花束般華麗的戀愛。

2. キスしただけでそんな声、大袈裟だよ。
   才親一下就叫那麼大聲，很誇張耶。

3. 僕が拗ねたら、いつも笑顔でなだめてくれる君が好きだよ。
   我喜歡每次我鬧脾氣時，你總是用笑容哄我的樣子。

4. 出かける前に、彼はいたずらっぽいキスをしてくれた。
   出門前，他給了我一個調皮的吻。
   ① 彼は出かけたくなくて、もっと俺と一緒にいたがっていた。
      他很不想出門，想跟我在一起。
   ② 彼はご機嫌な様子で出かけていった。
      他心情很好地出門了。
   ③ 彼はもうすぐ遅れそうで、すごく急いでいた。
      他快要遲到了，很匆忙。
   ④ 彼は出かけるのにぐずぐずしていた。
      他出門拖拖拉拉的。

5. 彼①から④告白②の③手紙をもらった。
   我從他那邊收到了一封告白信。正確順序為①④②③

文法 28

形容詞修飾名詞

俺の事が大好きなお前が可愛い。
你喜歡我的樣子太可愛了。

激情指數：★★★★☆

運用時機：

允晨看到タイガー老師點了頭，高興極了，再次用力抱住老師說：「俺の事が大好きなお前が可愛い。」允晨捧著老師的臉，問道：「今晩、俺の家に来てね。」（今晚，來我家吧）老師又害羞地點了點了頭，允晨拉著老師，帶著一絲喜悅，回頭說道：「帰ろうか。」（回家吧）。

修飾名詞的作用是使名詞的表達更加具體或豐富。在這裡，允晨所說的「大好き」，特指老師「喜歡自己時的樣子」，而不是其他特徵。

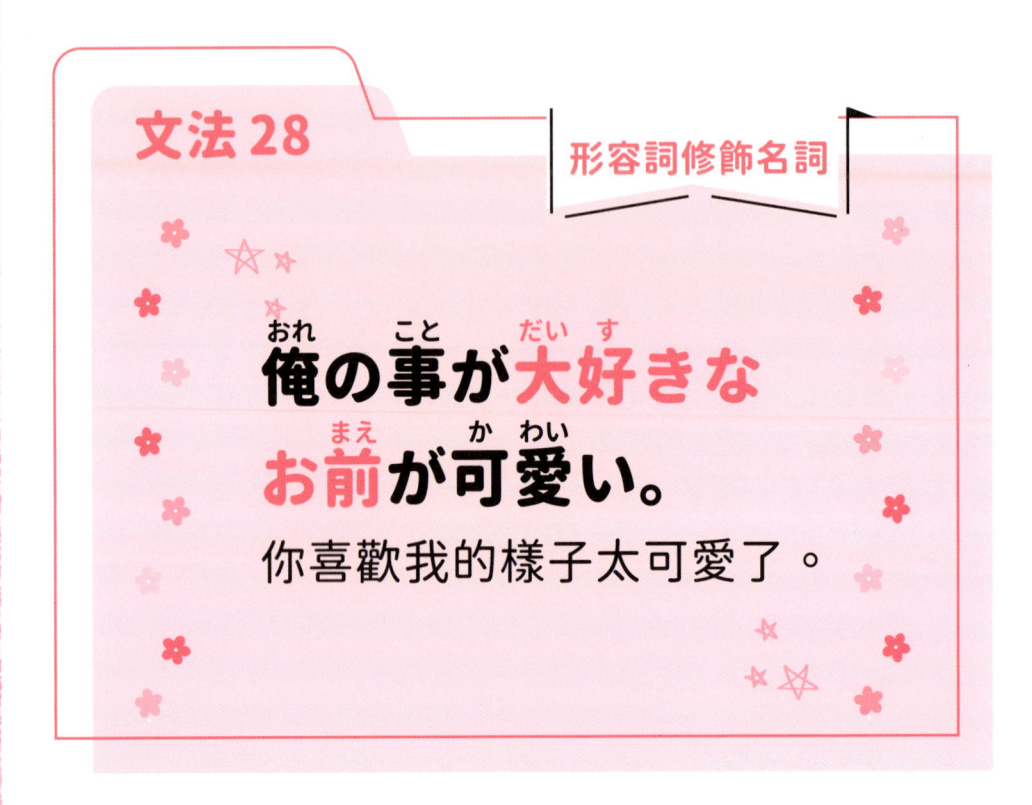

文法 28　　形容詞修飾名詞

俺の事が大好きな
お前が可愛い。
你喜歡我的樣子太可愛了。

文法教學：

在文法 14 中，解說過形容詞及分類，而在此，說明形容詞修飾名詞的用法及概念。

所謂的修飾，是將詞語添加更多的細節，讓語意更加豐富，如果拿普通的名詞「帥氣」來說，那「非常帥氣」則是修飾後的結果，使「帥氣」更為具體。

イ形容詞修飾名詞，保留い直接加上名詞，例如「おいしいケーキ」（好吃的蛋糕），而ナ形容詞則需加上一個な連接名詞，例如「有名な歌手」（有名的歌手）。必須注意的是，修飾後的名詞，詞性依舊是名詞。

延伸例句：

ベッドの上でそんなエロいポーズをしないでくれる？
可以不要在床上做出這麼性感的姿勢嗎？

可愛い君、俺に甘えてくれるだけでいいんだよ。
可愛的你，只要讓我疼就好。

ここにはベッドがあって、お前がいる。何をすればいいかわかるよね？
這裡有柔軟的床和你，你知道要做什麼吧？

熱い息遣いが耳元で聞こえるたび、胸が高鳴る。
每當耳邊聽到你炙熱的呼吸聲，我就心跳加速。

君のいたずらな指先が俺の体を滑るだけで、興奮してたまらない。
你那惡作劇的指尖滑過我的身體，我就興奮得受不了。

重點單詞：

エロい：性感｜來自外來語「エロ」（Erotic），再加上イ形容詞特色的「い」而成的非正式形容詞。主要意思是性感、挑逗、色氣滿滿，用於形容人或事物、情境帶有情色或性感的氛圍。帶有調侃或誇張成分，在正式場合不宜使用。

甘える：撒嬌｜另有「依賴」心態的意味。「甘える」來自「甘い（甜的、寬容的）」的派生，原始意義為因對方好意、寬容，而產生依賴、撒嬌的行為，因此可以用於親密關係中表達傳遞溫暖（疼愛）或親近。

息遣い：呼吸｜名詞，表示呼吸的方式、氣息的節奏。常用於形容、比喻人呼吸時細膩的動態、感覺或氣氛，是一種精緻的描寫，也具有情感的意味。

悪戯：惡作劇｜「悪」指不好的，「戯」指玩笑、戲耍，因此依照語境，可以是無傷大雅的玩笑，或是負面、嚴厲的評價。是一個多用途的詞語，因此也可延伸到孩子的淘氣，甚至意指帶有挑逗意味的小動作。

BLPT 測驗：
請從①〜④選出適當的選項

---

1. 君の荒い息遣いが耳に触れるたび、理性が吹き飛びそうになるよ。
① いきつらい　　② いきづかい　　③ いきづらい　　④ いきつかい

2. 君のいたずらなキスに、俺は完全に不意を突かれたよ。
① 惡戲　　　　② 悪戲　　　　③ 惡戯　　　　④ 悪戯

3. 君の（　　）腕を見つめていると、視線をそらすことができないんだ。
① きれいの　　② きれいい　　③ きれいな　　④ きれい

4. 彼の強い力に押し倒されてしまった。
① 僕は転んでしまった。
② 彼が僕を押し倒した。
③ 彼は僕の強い力で押し倒された。
④ 俺が倒れそうになったから、彼が抱きとめてくれた。

5. こんな★＿＿＿、見たことないよ。
① ポーズ　　　② 色　　　　③ に　　　　④ っぽい

183

BLPT 解答與中譯

1	2	3	4	5
②	④	③	②	③

1. 君の荒い息遣いが耳に触れるたび、理性が吹き飛びそうになるよ。

    每當你急促的喘息撫過我的耳邊，我的理性就快要崩潰了。

2. 君の悪戯なキスに、俺は完全に不意を突かれたよ。

    你那調皮的吻，讓我措手不及。

3. 君のきれいな腕を見つめていると、視線をそらすことができないんだ。

    看著你漂亮的臂膀，我無法移開視線。

4. 彼の強い力に押し倒されてしまった。

    我被他強壯的力氣撲倒了。

    ① 僕は転んでしまった。

    　我跌倒了。

    ② 彼が僕を押し倒した。

    　他撲倒我。

    ③ 彼は僕の強い力で押し倒された。

    　他被我強壯的力量撲倒。

    ④ 俺が倒れそうになったから、彼が抱きとめてくれた。

    　我快要跌倒，所以他抱住我。

5. こんな③に②色④っぽい①ポーズ、見たことないよ。

    我沒看過這麼撩人的姿勢。正確順序為③②④①

文法 29

並列助詞

お前の心も体も俺だけでいっぱいにしたい。

我要你的心，還有不管什麼，都只有滿滿的我。

激情指數：★★★★★

運用時機：

在允晨的家中，暖氣烘得如兩人此刻心情般炙熱。這一刻，他們終於確認了彼此的感情。允晨深情地吻上タイガー老師，雙手輕輕解開老師的襯衫，然後觸上他的領帶，慢慢地、帶著一絲挑逗感地將其拉開。這個夜晚，即將是難忘的一晚。允晨湊到老師的耳邊呢喃：「お前の心も何もかも俺だけでいっぱいにしたい。」

允晨這句話中，使用許多並列表現的「も」，代表著無論有說到的，沒說到的「任何一切」，都想要讓老師的所有都屬於他。

文法 29

並列助詞

お前の心も体も俺だけでいっぱいにしたい。

我要你的心，還有不管什麼，都只有滿滿的我。

文法教學：

「も」是並列助詞之一，用於列出同種類的人、事、物，並說明該人、事、物共同的特徵、狀態、行動等。在中文裡，大多可直譯「也」，提出一個典型的例句，如：「山田さんも佐藤さんもタイガー先生が好きだ。」（山田先生也是，佐藤先生也是，都喜歡タイガー老師），而且，「～も～も～」帶有「以這個並列的例子外，其他『也都』」之意，也就是説，タイガー老師不僅受到這兩位的喜愛，其他人也喜愛他。

延伸例句：

ここもそこも全部敏感だから、もう触らないで。
這裡那裡都很敏感，不要再摸了。

お前の心も体も、全部俺のものなんだ、わかってる？
和你的心也好，人也好，都是我的，知道嗎？

お前の声も体も、全部我慢できないくらい魅力的だよ。
你的聲音也好，身體也好，都讓我受不了。

お前の目も表情も、全部が俺を興奮させるよ。
你的眼神和表情都讓我興奮了。

君の唇も肌も、全部が俺を狂わせるんだよ。
你的唇也好，肌膚也好，都讓我為之瘋狂。

重點單詞：

> 分(わ)かる：明白、理解、知道｜自動詞。描述主觀感知、認知狀態對事物的理解，或情境、情感的察覺、分辨。「分かる」側重於理解或察覺的過程或狀態，是主觀的認知。而相對於「知(し)る」（知道）側重於知道某個客觀的事實，偏向於知識性的了解。所以例句中話者希望對方以主觀理解、察覺當時的狀況。

> 体(からだ)：身體｜即字面指的具體化身軀。根據上下文，也可以指身體的功能、健康狀況，或用於比喻形體或抽象概念，如例句中使用的「体(からだ)」，可以不僅指「身軀」，還有隱喻其他性方面的概念。

> 魅力的(みりょくてき)：有魅惑力的｜ナ形容詞。「魅力(みりょく)」：指魅力、吸引力；「的(てき)」：指具有某性質或特徵。用於描述人、事物、抽象概念的吸引力。

> 狂(くる)う：瘋狂、失常｜可以用來描述精神狀態，也能形容事情、時間或秩序的混亂，這是一個帶有強烈情緒色彩的詞彙。在特定語境中，還可以表達心理或行為的異常，例如比喻極端的熱情、情感，甚至是病態的狀態。在文學語境中，這個詞常被用於展現浪漫與激情。

BLPT 測驗：
請從①～④選出適當的選項

1. お前の熱い息を感じるたび、気が狂いそうになるよ。
   ① くい　　　　② ころい　　　　③ くるい　　　　④ こい

2. お前のからだに触れるたび、何も考えられなくなるよ。
   ① 身　　　　② 体　　　　③ 體　　　　④ 膚

3. お前の唇（　　）体（　　）、すべて俺のものだから、今夜は逃がさないよ。
   ① も、も　　　　② の、は　　　　③ の、も　　　　④ は、も

4. お前の心も体も全部俺のものだ。誰にも奪わせない。
   ① 君の心と体だけは、絶対に誰にも渡さない。
   ② 君が他の人と友達になるのは許してあげる。でも、君は俺のものだよ。
   ③ 君の心も体も俺以外のものになることはない。
   ④ 君は俺だけを愛さなきゃダメだよ。

5. お前の熱い＿＿ ＿＿ ★ ＿＿ も、俺に欲しがらせるんだ。
   ① 声　　　　② 震える　　　　③ 息　　　　④ も

189

BLPT 解答與中譯

1	2	3	4	5
③	②	①	③	②

1. お前の熱い息を感じるたび、気が狂いそうになるよ。
   每當感受到你炙熱的吐息，我的理性就快要失控了。

2. お前の体に触れるたび、何も考えられなくなるよ。
   每當觸碰到你的身體，我就什麼都無法思考了。

3. お前の唇も体も、すべて俺のものだから、今夜は逃がさないよ。
   你的唇也好，身體也好，全部都是我的，今晚別想逃。

4. お前の心も体も全部俺のものだ。誰にも奪わせない。
   你的心和身體都是我的，誰也不能搶走。
   ① 君の心と体だけは、絶対に誰にも渡さない。
      只有你的心和身體，我不會交給任何人。
   ② 君が他の人と友達になるのは許してあげる。でも、君は俺のものだよ。
      我允許你和其他人交朋友，但你還是我的。
   ③ 君の心も体も俺以外のものになることはない。
      你的心和身體，除了我，誰都無法擁有。
   ④ 君は俺だけを愛さなきゃダメだよ。
      你只能愛我。

5. お前の熱い③息④も②震える①声も、俺に欲しがらせるんだ。
   你的炙熱吐息也好，顫抖的聲音也好，都讓我更加渴望你。
   正確順序為③④②①

文法 30

舉例

理由なんかない。ただお前を甘やかしたいだけだ。

沒什麼理由，就只是想寵你。

激情指數：★★★★★

運用時機：

允晨熱烈地吻著タイガー老師，兩人臉頰羞紅，溫熱的呼吸交織在一起。突然，老師輕輕推開允晨，直視著他問道：「どうしてそんなに俺を大切にしてくれるの？」（為什麼這麼重視我呢？）允晨揉了揉老師微熱的臉頰，帶著俏皮的笑容說：「理由なんかない。ただお前を甘やかしたいだけだ。」

允晨在回答中使用了帶有輕視或不以為然的語氣：「なんか」，刻意淡化「理由」的重要性，強調自己對老師的感情根本不需要任何理由，傳遞了一種強烈的寵溺之意。

文法 30

舉例

理由なんかない。ただお前を甘やかしたいだけだ。

沒什麼理由，就只是想寵你。

文法教學：

「なんか」是「など」的通俗口語表達方式，意指「等等、之類的……」。前接名詞。名詞的部分，經常放入話者「輕視」「小看」「認為不足為取」的項目，如此銜接後，便成為話者心中舉例的不足為取的人、事、物之一。有時並非用在上述負面的狀況下，也有「謙遜」的意味，例如：「俺なんか君を守れなくて、本当に情けないよ。」（我這人沒辦法保護你，真無能。）

延伸例句：

プレゼントなんかいらないよ。君(きみ)がそばにいてくれるだけでいいんだ。
禮物什麼的我才不要，你只要陪著我就好。

恋愛(れんあい)なんかくだらないと思(おも)ってたけど、お前(まえ)に出会(であ)って素晴(すば)らしさを知(し)ったよ。
我以前覺得戀愛是個屁，遇到你後才知道它的美好。

写真(しゃしん)なんかなくてもいい。大事(だいじ)なのは素敵(すてき)な思(おも)い出(で)を覚(おぼ)えていることだよ。
照片弄丟不重要，重要的是我們記得那些美好的回憶。

見(み)た目(め)なんかどうでもいいよ。お前(まえ)の性格(せいかく)が可愛(かわい)ければそれでいい。
外表什麼的不重要，你個性很可愛就行了。

理由(りゆう)なんかない。ただお前(まえ)を好(す)きになっただけだよ。
沒有為什麼，我就是愛上你了。

重點單詞：

要る：需要｜自動詞，用於表達對物品、條件或行為的需求，既可描述主觀必要性，也可強調客觀不可或缺。作為日常對話中的常用詞，「要る」語氣簡潔，靈活適用於描述生活中的各種需求情境。

くだらない：無聊｜形容詞。指無聊、無意義或微不足道，帶有否定或輕視的語氣，常用於表達對事物的不屑、抱怨或自嘲。適用於非正式場合，特別用於批評瑣碎或愚蠢的事物。

大事：重要｜名詞、ナ形容詞，指重要、珍重、珍惜或謹慎對待。既可強調事物的重要性，也能表達對人或物的珍視，還可用於提醒謹慎行事。是個多用途詞語，日常會話及正式場合皆適用。

見た目：外表｜名詞。用於描述人、事物的外在樣貌與視覺印象。由動詞「見る」的連用形「見た」與名詞「目」結合而成，意為「眼睛所看到的樣子」。常形容人物、物品或場景，或用來強調外表與內在的對比（如例句）。

BLPT 測驗：
請從①～④選出適當的選項

1. 俺にはお前だけが要るんだ。他の何もいらない。

①うる　　　　　②よる　　　　　③ある　　　　　④いる

2. お前の肌に触れることが、俺にとって一番だいじなんだ。

①重事　　　　　②大要　　　　　③大切　　　　　④大事

3. 俺の気持ち（　　　）どうでもいいよ。君が楽しければそれで十分だ。

①ななんか　　　②いなんか　　　③なんか　　　　④のなんか

4. 周りの状況なんかどうでもいい。お前を見ているだけで、身体が勝手に反応してしまう。

①お前は俺を興奮させるんだ。
②もう我慢できない、お前を押しのけたいんだ。
③お前は色っぽい恰好をしたね。
④お前を思い切り押し倒したい。

5. 経験なんか気にするなよ。＿＿＿★いい。

①に　　　　　　②ついて　　　　③俺　　　　　　④くれば

BLPT 解答與中譯

1	2	3	4	5
④	④	③	①	④

1. 俺にはお前だけが要るんだ。他の何もいらない。
   我只需要你,其他什麼都不重要。

2. お前の肌に触れることが、俺にとって一番大事なんだ。
   觸碰你肌膚的感覺,對我來說是最重要的。

3. 俺の気持ちなんかどうでもいいよ。君が楽しければそれで十分だ。
   我的心情什麼的不重要,主要是你開心就好。

4. 周りの状況なんかどうでもいい。お前を見ているだけで、身体が勝手に反応してしまう。
   周遭什麼情境的無所謂,只要我看著你,身體就不由自主地有了反應。

   ① お前は俺を興奮させるんだ。
      你會讓我的身體感到興奮。
   ② もう我慢できない、お前を押しのけたいんだ。
      我受不了了,我想把你推開。
   ③ お前は色っぽい恰好をしたね。
      你做了撩人的姿勢。
   ④ お前を思い切り押し倒したい。
      我想一把推倒你。

5. 経験なんか気にするなよ。③俺①に②ついて④くればいい。
   不用擔心沒經驗,跟著我做就好。正確順序為③①②④

Note

// LOCK //

Note

Note

Note

// Lock //

Note

// LOCK //

```
BLPT 耽美日語文法檢定 / 許心瀠著. -- 初版. --
臺北市：日月文化出版股份有限公司, 2025.08
208 面；16.7×23 公分. -- (EZ Japan 樂學；36)
ISBN 978-626-7641-78-1（平裝）

1.CST: 日語　2.CST: 語法

803.16                                      114007886
```

EZ Japan樂學／36

BLPT耽美日語文法檢定
必考！30個最令人臉紅心跳的耽美句型！

作　　　者：	許心瀠
繪　　　者：	小黑豹
編　　　輯：	高幸玉
協 力 編 輯：	邱以瑞
校　　　對：	高幸玉
封 面 設 計：	李盈儒
版 型 設 計：	李盈儒
內 頁 排 版：	簡單瑛設
行 銷 企 劃：	張爾芸
發 行 人：	洪祺祥
副 總 經 理：	洪偉傑
副 總 編 輯：	曹仲堯
法 律 顧 問：	建大法律事務所
財 務 顧 問：	高威會計師事務所
出　　　版：	日月文化出版股份有限公司
製　　　作：	EZ叢書館
地　　　址：	臺北市信義路三段151號8樓
電　　　話：	(02) 2708-5509
傳　　　真：	(02) 2708-6157
客 服 信 箱：	service@heliopolis.com.tw
網　　　址：	www.heliopolis.com.tw
郵 撥 帳 號：	19716071 日月文化出版股份有限公司
總 經 銷：	聯合發行股份有限公司
電　　　話：	(02) 2917-8022
傳　　　真：	(02) 2915-7212
印　　　刷：	中原造像股份有限公司
初　　　版：	2025年08月
定　　　價：	380元
I S B N：	978-626-7641-78-1

◎版權所有 翻印必究
◎本書如有缺頁、破損、裝訂錯誤，請寄回本公司更換